Arnulf Prasch

Drei Länder, drei Leichen

Ein Drei-Länder-Krimi mit
Kommissar de Monte
Kärnten – Friaul – Slowenien

Arnulf Prasch

Drei Länder, drei Leichen

Ein Drei-Länder-Krimi mit Kommissar de Monte

Kärnten – Friaul – Slowenien

Edition Platin

Impressum

ISBN 978-3-903538-22-1

Satz: Martin Spiegelhofer
Cover: Martin Morauf
Korrektorat: Philipp Rissel

Druck: Druckerei Berger, Horn
7 6 5 4 3 2 1

www.edition-platin.at
Mail: office@edition-platin.at

1.

„Guten Morgen, Valentin, *come va*, wie geht es dir heute?"

Kommissar de Monte war noch nicht bei der Theke, da musste er schon über sich selbst nachdenken, und das gefiel ihm heute so gar nicht. „*Grazie*, Laura, ich glaube, es geht mir gut", antwortete er ein wenig zurückhaltend, aber doch freundlich, und bestellte einen Espresso. Die *Piussi*, die Bar direkt an der Grenze, auf italienischer Seite wohlgemerkt, hatte ihm schon gefallen, als er bei den Urlaubsfahrten hier oft auf einen Kaffee stehen blieb. Und jetzt, mit der feschen Laura als Kellnerin, gefiel es ihm noch besser.

Da war er nun wieder, an der alten Grenze, dem Bundesstraßen-Grenzübergang Österreich-Italien bei Thörl-Maglern in seiner Heimat Kärnten, oder doch ein wenig in Italien? Genau zeigt das heute nur mehr die weiße Grenzlinie, denn seit dem Beitritt Österreichs zur EU und vor allem dem Beitritt zum Schengen-Abkommen gilt der freie Grenzverkehr, und das ist schon eine Errungenschaft. De Monte war aber nicht hergekommen, um in alten Erinnerungen zu schwelgen, sondern um seinen Dienst zu verrichten. Das *Trilaterale Büro* der Polizei, mit Beamten aus Österreich, Italien und Slowenien, gibt es im ehemaligen Zollgebäude bereits seit 2005, und seit gut zwei Monaten ist er nun auch hier zugeteilt. Die Abkürzung für die Dienststelle lautet TPO, *Trilateral Police Office*, das hat schon einen Hauch der weiten Welt.

„Und, Valentin, hast du schon gefangen die Mörder?“, fragte Laura in ihrem typischen Italienisch-Deutsch, während sie ihm den Espresso über die Theke servierte.

„Ach, Laura, ich bin eher froh, dass es momentan so ruhig ist, und ich mich entspannt einarbeiten kann!“

„Wenn nur so bleibt!“ Diesem Deutsch mit italienischem Akzent könnte er stundenlang zuhören. Dafür war jetzt aber keine Zeit.

De Monte nahm den Kaffee in einem Schluck, legte das Geld auf die Theke und verabschiedete sich von Laura. „Ciao, Laura, *ci vediamo*, wir sehen uns!“ Das Lokal war auch in der Früh gut besucht, doch von den anderen Gästen verabschiedete er sich nicht so persönlich, denn noch kannte er die Leute gerade einmal vom Sehen und war wenig ins Gespräch gekommen.

Mit flotten Schritten überquerte der Kommissar den Parkplatz und las, wie fast jeden Tag, die Aufschrift an der Eingangstür zum Amtsgebäude: „Guten Tag, dober dan, buongiorno.“ Ein Blick auf die Uhr reichte, um zu erkennen, dass er bei Laura doch ein wenig getrödelt hatte, denn der Dienstbeginn war um sieben Uhr und jetzt zeigte die Uhr bereits zehn nach sieben.

„De Monte, kommen Sie gleich einmal zu mir herein“, tönte es aus dem Chefbüro, als er gerade dabei war, seine Jacke über den Sessel an seinem Arbeitsplatz zu legen. Mit Chefinspektor Hausmann, dem Dienstellenleiter, war nicht zu spaßen, das wusste er aus Erzählungen der Kollegen. Dass er aber so penibel war, überraschte ihn nun doch ein wenig. „Guten Morgen, Herr Chefinspektor, melde mich zum Dienst!“ Hausmann, vorschriftsmäßig bekleidet mit österreichischer Polizeiuniform mit Krawatte und frisch gebügeltem, blauem Hemd und Schulterklappen mit zwei goldenen Sternen, blickte nur kurz von den Unterlagen auf seinem Schreibtisch auf.

„So geht das nicht, de Monte, sieben Uhr heißt sieben Uhr, und da haben Sie da zu sein, verstanden?" Der Chef duldete keinen Widerspruch, das wusste der „Frischgefangene", wie die Kollegenschaft den Neuankömmling gerne bezeichnete, nur zu gut. „Es tut mir leid, Chef, ich bin leider ein wenig zu spät von zu Hause weggefahren." Hausmann fixierte nun sichtlich angespannt den bereits nervösen Mitarbeiter. „Aha, zu spät weggefahren nennt man das also, aber zum Espresso gegenüber waren Sie dann pünktlich", sagte er mit leicht erhöhter Stimme und deutete zu seinem Bürofenster.

De Monte folgte dem Handzeichen und merkte, dass Hausmann direkt auf den Parkplatz sehen konnte. Es war also blöd gelaufen für den Kommissar, der sich nochmals entschuldigte und schnell das Weite suchte. Kaum hatte er seinen Arbeitsplatz erreicht – das Grinsen der zwei Kollegen und der Kollegin im gemeinsamen Büro versuchte er zu übersehen –, tönte es abermals aus dem Büro des Chefinspektors. „De Monte, kommen Sie noch einmal herein!"

Der Kommissar zog ein Gesicht wie beim Biss in eine saure Gurke und murmelte etwas, das so klang wie *Prekleto*, was, aus dem Slowenischen übersetzt, so viel wie „Verdammt nochmal" bedeutet. Schon in der Schule – er besuchte damals eine Alpen-Adria-Klasse mit Deutsch-, Slowenisch- und Italienischunterricht – hatten die Schülerinnen und Schüler gerne Schimpfwörter in einer anderen als der Muttersprache verwendet. Und in emotionalen Situationen geschah das jetzt auch noch.

Hausmann machte es wie immer kurz. „Zur Information, sie sind ja dem Trilateralen Büro als Kommissar im Bereich ‚Leib und Leben' zugeteilt worden und sollten jetzt auch Ihre Kollegen in den anderen Ländern kennenlernen. Maurizio Trevestan, unser Kollege aus Udine, hat sich ja schon vorgestellt, und jetzt habe ich eben erfahren, dass Slowenien eine neue Beamtin, also eine Kollegin, nominiert hat." Der Chefinspektor betonte die weibliche Form mit einem leichten Unterton, was darauf schließen ließ, dass er eher mäßig begeistert war, eine weitere Frau in der Einheit zu haben.

„Die Kollegin heißt Maja Vrbinc, hatte ihre Dienststelle bislang in Bled, und wird ab kommender Woche bei uns sein. Momentan haben wir eh keinen aktuellen Fall, also fahren Sie heute nach Bled und stimmen sich einmal mit ihr ab. Noch Fragen dazu?" Chefinspektor Hausmann war wieder einmal so direkt, dass sich eine Frage ohnehin erübrigte. De Monte ließ sich nicht zu einer Bemerkung hinreißen und entschloss sich, lieber eine logistische Frage zu stellen.

„Verstanden, Chef, Kontaktaufnahme in Bled, darf ich ein Dienstfahrzeug nehmen?" Hausmann blickte wieder einmal in seiner so typischen Art auf. „Ja wollen Sie allen Ernstes mit Ihrem Fahrrad, sofern Sie überhaupt eines besitzen, nach Bled fahren? Unfassbar, was für eine Frage, nehmen Sie unser dunkelblaues Zivilfahrzeug und das jetzt gleich!" Hausmann hatte bei dieser Anweisung eine betont aufrechte Sitzposition eingenommen und hielt einen Kugelschreiber etwas verkrampft in seiner rechten Hand. De Monte wusste, dass es jetzt höchste Zeit war, das Leitungsbüro zu verlassen.

„Gerne, Herr Chefinspektor!“, sagte er dienstlich korrekt in Richtung Schreibtisch, drehte sich und verließ den Raum. Was er sich dabei noch dachte, ob in Slowenisch, Deutsch oder Italienisch, sehr schmeichelhaft war es jedenfalls nicht.

„*Torej greš k Maji na Bled, lep pozdrav*!“ – „du gehst also zu Maja nach Bled, liebe Grüße!“ Matjaž, auch ein Kollege aus Slowenien und im Trilateralen Büro Experte für Dokumentenfälschungen, wusste, dass Valentin der slowenischen Sprache mächtig war.

„Ach so, kennst du sie, ist sie nett?“ De Monte antwortete seinem Gegenüber nicht immer in slowenischer Sprache.

„Ja, sehr nett, aber auch sehr genau, und, wie sagt ihr hier, *anbandeln* mag sie gar nicht“, zwinkerte Matjaž seinem Kollegen zu, der seinerseits die Mundwinkel nach unten zog.

„Oje, Matjaž, jetzt hast du meinen Traum zerstört“, zwinkerte Valentin, „trotzdem: „*Pripravljena sem* – ich bin bereit!“ Er lächelte seinem Kollegen zu, verabschiedete sich und nahm beim Hinausgehen noch den Schlüssel des dunkelblauen Dienstwagens aus dem Kasten an der Wand. Zum Eintragen in das Dienstbuch war dann bei der Rückkehr auch noch Zeit.

„De Monte, das Dienstbuch, bei uns herrscht Ordnung, das gilt auch für Sie!“ Chefinspektor Hausmann hatte nämlich genau gesehen, dass der Kommissar nach dem Griff in den Schlüsselkasten einfach gehen wollte.

„Chef, ich wollte nur den Kilometerstand überprüfen und dann den Eintrag ins Dienstbuch machen“, erwiderte de Monte rasch, denn bei solchen schnellen Antworten war er gut.

„Der Kilometerstand ist eingetragen, sie werden doch ihren Kolleginnen und Kollegen vertrauen, oder sehen Sie das nicht so?“ Hausmann hatte auch einige Rhetorik- und Führungskurse besucht, und natürlich auch gerne das letzte Wort.

„Alles klar, Chef, das Buch!“ De Monte sah deutlich, wie die Kollegenschaft sich über die ihnen bereits bestens bekannten Stolpersteine amüsierte. Der Eintrag war schnell erledigt und dann war der Auftrag klar: „Ab nach Bled zu Maja!“

2.

„Guten Morgen, Sepp, bist heute aber schon früh unterwegs mit deinem Jokl!“

Der Hausmeister vom Berghotel auf der Turracher Höhe war gerade bei seinem morgendlichen Kontrollrundgang, damit alles rund um das noble Hotel in Ordnung war, wenn die Gäste dann ebenfalls einen Morgenspaziergang absolvierten.

„Ja, hast recht, David, aber irgendwie habe ich heute schlecht geschlafen und war schon früher munter als mein Jokl!“

Josef Jamnik, den hier alle nur Sepp nennen, strich seinem Jagdhund über den Kopf. Jokl, eine Brandlbracke, nahm diese Geste wie immer eher reserviert zur Kenntnis, denn es gab hier einfach zu viele Reize, die gleichzeitig auf ihn einströmten. Gleich an der Ecke des Gebäudes verströmte die Küchenentlüftung Düfte, die Jokl zu analysieren versuchte. Gleichzeitig roch Davids Hose nach seiner Katze Fanni, was Jokl ebenfalls wachsam bleiben ließ.

„Was hast denn heute am Plan, eine Morgenpirsch wird es nicht werden, dafür ist es schon zu spät“, meinte David, und hob gleichzeitig eine Supermarktrechnung auf, die jemand hier wohl unabsichtlich fallen gelassen hatte.

„Ach, weißt eh, der Morgen im Revier ist nicht so meins, und vor allem jetzt im späten Frühjahr muss man schon um drei Uhr aufbrechen, um dann bei Sonnenaufgang bereits am Hochsitz zu sein. Da brauch ich mir nichts mehr beweisen, das sollen die Jungen machen. Der Jokl und ich gehen lieber am Abend, das ist auch eine schöne Zeit."

Der Sepp schickte sich an zu gehen, weil ein vernünftiges Gespräch war mit dem Hausmeister, der ständig den Kontrollblick herumgleiten ließ, heute ohnehin nicht möglich. Er griff noch in die Hosentasche, um sein Schnäuztuch herauszuholen – Papiertaschentücher gab es bei ihm nicht, er bevorzugte die Stoffvariante – und zog, ohne es zu wollen, damit einen Zettel heraus, der natürlich zu Boden fiel. Gemerkt hatte der Sepp davon nichts, denn aufgrund seiner, vom Umfang her doch beachtlichen, Körpermitte fiel das Papier praktisch im toten Winkel hinunter.

„Alsdann, servus, David, wir sehen uns!"

„So ist es, aber zuerst hebst du den Zettel, den du eben auf meinem Parkplatz verstreut hast, wieder auf!"

David, der Hausmeister, kannte da keinen Pardon. Der Sepp wusste das, reagierte sofort, aber nicht, ohne den Sachverhalt klarzustellen: „Erstens ist das nicht dein Parkplatz, und zweitens war das keine Absicht und drittens, klar nehm ich den Zettel mit, geht dich ja gar nichts an, was ich mir da aufgeschrieben hab, pfiat di!"

Der Weg zu seiner Jagdhütte führte am See entlang, der an diesem schönen Tag ganz still erschien. Das Wasser sah aus wie ein Spiegel, keine Bewegung, nicht die kleinste Welle. Da machte es auf einmal „Platsch". Der Jokl, der durchaus schussfest war, hatte mit dieser Überraschung nicht gerechnet und machte einen Satz zur Seite. Sein Herrl blieb stehen und war sofort Herr der Lage. Da hatte doch glatt ein Tannenhäher einen Zirbenzapfen im Flug genau neben ihnen fallen gelassen und der war im Wasser gelandet, was bei dieser Stille wie eine kleine Wasserbombe wirkte.

„Siehst du, Jokl, jetzt ist es Zeit, Zirbenzapfen zum Ansetzen zu holen, wenn der Tannenhäher fliegt, sind sie so weit!"

Wenn der Jokl jetzt bloß antworten könnte, das dachte sich der Sepp oft, denn seit seine Gattin Eva vor zwei Jahren verstorben war, verbrachte er die Zeit fast nur mit dem Jagdhund und sprach mit ihm so, wie damals mit seiner Frau. Die hätte jetzt allerdings gesagt: „Ja Sepp, das weiß ich schon, und auch, dass du zwar die Zapfen vom Baum holst und aufschneidest, der Rest, also das Ansetzen, Abseihen und Abfüllen dann aber bei mir hängen bleibt!"

Da ertappte sich der Sepp manchmal dabei, dass der nicht sprechende Hund auch so seine Vorzüge hat.

Die beiden gingen weiter, vorbei an unzähligen Ferienhütten, die recht gut belegt waren. So richtig munter schien hier aber noch niemand zu sein, also ließ Sepp seinen Jokl von der Leine, was diesem sichtlich angenehm war.

Eine gute dreiviertel Stunde und einige Höhenmeter später war die Jagdhütte in Sicht. Die Alleinlage war damals für Josef Jamnik das Argument schlechthin. Gepachtet hatte er aber nicht die Hütte, sondern das Jagdrevier rundherum, immerhin 600 Hektar beste Gebirgsjagd mit Rehwild, Rotwild und auch Gamswild, und das gleich auf zehn Jahre. Den Gesamtbetrag dafür hatte er komplett bezahlt, und das sofort. Eine Dreiviertelmillion Euro, wirklich viel Geld, auf das der Sepp oft angesprochen wurde. Seine Antwort war ebenso kurz wie auch klar: Wer fleißig ist und die Arbeit nicht scheut, soll letztlich auch etwas davon haben.

„JIMPEX – also Jamnik-Import-Export, Handel mit Waren aller Art“, das war sein Zauberwort und hatte ihm auch Wohlstand gebracht. Und da war ja auch noch die Zusatzquelle …

„Griaß di, Sepp, wie oft muss ich es denn noch sagen!“ Ein entgegenkommender Jäger mit Gewehr und Rucksack, aber ohne Hund, hatte bereits mehrmals versucht, die Aufmerksamkeit des Mannes mit Hund zu erwecken.

„Jössas, Hias, musst du mich denn so erschrecken?“, Sepp wurde aus seinen Gedanken gerissen und blieb abrupt stehen.

„Sei mir nicht bös, Hias, aber ich war jetzt gedanklich ganz woanders und hab um diese Zeit auch nicht mit einer Begegnung gerechnet!“ Jokl begrüßte den Waidmann mit einem ganz kurzen *Wuff*, denn er kannte ihn, den Hias aus dem Nachbarrevier. Der Weg, auf dem Sepp mit Jokl zur Jagdhütte unterwegs war, bildete die Reviergrenze, deshalb konnte Hias hier auch mit seiner Waffe unterwegs sein. Außerdem unterstützte er den Sepp oft beim Nachsuchen und beim Hochsitzbau, also war ohnehin nicht alles so streng.

„Und, hast Anblick gehabt?“ Sepp war natürlich neugierig, was so in Bewegung war, denn das Wild kannte ja keine Reviergrenzen und zog daher auch hin und her.

„Momentan ist nicht viel los, wird vielleicht zu warm sein, drei Stück Kahlwild hab ich schon gesehen, und sogar einen Hirsch, aber der hat noch nicht verfegt, da kann man nicht genau sagen, wie er sich entwickelt.“

„Na dann, Hias, komm gut heim, gehst du am Abend auch?“

„Wird so werden, morgen kommt ja ein Jagdgast, dem ich einen Rehbock versprochen hab, und ich muss schauen, ob der, den ich gestern gesehen hab, auch wieder auftaucht.“

„Na dann, Anblick, Hias, ich werde am Abend auch rausschauen mit dem Jokl, kannst ja dann später noch bei der Hütte vorbeischauen, so um halbzehn bin ich sicher schon wieder zurück!“

„Anblick!“ Hias setzte seinen Weg fort, Sepp und Jokl ebenso. Noch ein kurzes „Wuff“ und schon waren Herr und Hund um die Kurve und in Richtung Jagdhütte unterwegs.

3.

„Srečno – Servus", murmelte Valentin de Monte, während sich die Tür zu seiner Dienststelle beim Grenzübergang Thörl-Maglern schloss. Die Schritte zum dunkelblauen Dienstfahrzeug setzte er sehr bewusst, denn der Herr Chefinspektor verfolgte ihn ganz sicher mit einem Blick durch das Bürofenster, das war für ihn klar. Nur noch ganz kurz und er war wieder sein eigener Herr, wie es ihm am liebsten war, doch Chef ist Chef, das hatte er in den Jahren bei der Exekutive intensiv gelernt. Kurz orientierte er sich, doch bis auf den Schalter für das Blaulicht, das bei Bedarf mittels Magnetfläche auf dem Autodach angebracht wurde, und das Folgetonhorn war das Fahrzeug ein Auto wie jedes andere auch. Trotzdem musste de Monte beim Wegfahren oft an Inspektor Theo Kojak denken. „Einsatz in Manhattan" war eine seiner Lieblingsserien, und dass es einmal wie Kojak, allerdings ohne Lolly im Mund, auf Verbrecherjagd gehen werde, hätte er sich damals nicht gedacht, oder doch?

In Gedanken versunken rollte de Monte vom Parkplatz zur SS13, der Strada Statale 13, denn die Dienstfahrzeuge des TPO, des Trilateral Police Office, parkten immer auf italienischem Staatsgebiet, oder, wie es Chefinspektor Hausmann so bodenständig formulierte „hinter dem weißen Strich". Beinahe hätte er vor lauter Kojak-Gedanken das freundliche Winken von Laura, der Kellnerin der „Bar Piussi", übersehen, doch gerade rechtzeitig sah er sie aus dem Augenwinkel und winkte freundlich zurück. Was er nicht sehen und vor allem nicht hören konnte war, dass in diesem Moment Mario, ein Stammgast, der vor allem in der wärmeren Zeit sehr oft auf der Terrasse anzutreffen war, auf das dunkelblaue Dienstfahrzeug deutete und zu den Leuten an dem Stehtisch ganz rechts sagte: „Schon wieder unterwegs, die Alpen-Adria-Greifer, von diesem TP-irgendwas, die sollen lieber schauen, dass daheim alles funktioniert, so schaut's aus!"

Das Lachen über Marios Sager war enden wollend, und Laura, die Kellnerin, die alles gehört hatte, brachte es dann schließlich auf den Punkt: „Mario, warum müssen du immer machen die Witze über unsere Polizei, du wissen vielleicht gar nicht, wie das ist *importante* – wichtig für uns alle, *vero* – oder?"

Mario fühlte sich ein wenig ertappt und lenkte mit einem freundlichen Blick schnell ein. „*A posto*, Laura, passt schon, und solange sie unterwegs sind, können sie hier nicht kontrollieren, das ist für uns eh viel besser!" Einer der Anwesenden schüttelte ganz leicht den Kopf, wohlwissend, dass die Beamten des TPO, außer im äußersten Notfall, praktisch keine Verkehrskontrollen oder Ähnliches durchführten. Er ließ es aber gut sein, denn jetzt eine Diskussion über die Polizei zu führen, darauf hatte er keine Lust.

Währenddessen war de Monte schon unterwegs in Richtung Tarvisio. Die SS13 war nun ja recht gut ausgebaut und die etwas mehr als sieben Kilometer von der Grenze bis Tarvis, wie der in den Ort im Kanaltal auf Deutsch heißt, gerade einmal ein Katzensprung. Das hatte de Monte schon als Jugendlicher geschätzt, als er oft mit den älteren Burschen auf eine Pizza nach Tarvis mitfahren durfte. Heute war der Ort für ihn aber kein Ziel, sondern nur der

Kreuzungspunkt zur Straße nach Slowenien. Trotzdem nahm er nicht die Abkürzung nach Untertarvis vor dem Ortsbeginn, sondern bog erst bei der Piazza Unità links ab. So kam er dann am Weg in Richtung Slowenien auch noch am Markt vorbei und konnte ein wenig schauen, wer so unterwegs war. Der Markt in Tarvis war und ist ja ein beliebtes Ziel, auch wenn es jetzt in der Europäischen Union keine Herausforderung mehr ist, dort einzukaufen und dann in der ständigen Sorge, beim Grenzübertritt zurück nach Österreich kontrolliert und als Schmuggler, etwa einer Lederjacke, aufgedeckt zu werden. „Das waren noch Zeiten", dachte sich de Monte, und mußte beim Gedanken, was er mit seinen Freunden so *transportiert* hatte, direkt ein wenig schmunzeln.

Ein heftig winkender Mann, der den Eindruck machte, gleich auf die Straße springen zu wollen, riss den Kommissar jäh aus seinen Gedanken. Er bremste so plötzlich, dass ihm das Fahrzeug dahinter beinahe aufgefahren wäre. Zum Glück ging es sich gerade noch aus, und er parkte rechts ein.

„Maurizio, bist du verrückt, das hätte jetzt aber ins Auge gehen können", schimpfte de Monte. Maurizio Trevestan, sein Kollege vom Trilateralen Büro, grinste von einem Ohr zum anderen. „Tust du schauen, nicht so viel denken!", zwinkerte er de Monte zu. „Ciao, amico mio, wohin bist du unterwegs?"

„Eine Dienstfahrt, was sonst, Maurizio, unser Chef schickt mich nach Bled, dort soll ich Maja Vrbinc, unsere neue Kollegin aus Slowenien besuchen und kennenlernen. Weißt du etwas über sie?"

„Oh, Maja, wir bekommen also Zuwachs für ‚Leib und Leben'-Fälle, sehr schön!", sagte Maurizio, und beugte sich zu de Monte, der im Wagen sitzen geblieben war. „Ist sie wenigstens hübsch?"

„Woher soll ich denn das wissen, ich kenne ja nur ihren Namen, ein Bild von ihr hat mir Chefinspektor nicht gezeigt."

„Oh, Valentino, du schummelst, hast sicher ein wenig im Internet gestöbert, und zu finden die Maja, *vero* – stimmt es?"

„Sicher, da hast du schon recht, aber, glaub es mir oder nicht, eine Maja aus Bled gibt es nicht, da war selbst das Internet überfordert."

„Dann ist sie wahrscheinlich nicht nur hübsch, sondern auch schlau, wahrscheinlich kennt sie sich auch mit Cybercrime, mit *die Kriminalität von die Computer* aus."

„Computerkriminalität, heißt das, ganz einfach, Maurizio, so wird es wohl sein!"

De Monte schickte sich an, aufzubrechen, doch Maurizio musste einfach noch etwas loswerden: „Valentino, alles Gute und vergiss nicht, egal wo du bist und mit wem du sprichst, deine Iris kommt auf alles drauf, die ist *piu* forte – stärker als *die* Internet. Schöne Grüße an Maja, und sag bitte, sie wird den *collega italiano* auch bald kennenlernen. *Ciao*!"

So wie er auf die Straße gesprungen ist, hatte sich Maurizio Trevestan um de Montes Fahrzeug herum auf den Gehsteig zurückbegeben und war zwischen den Passanten verschwunden.

De Monte startete das Auto und rollte, wieder in Gedanken versunken, weiter auf der Via Vittorio Veneto. Von

Tarvis ging es dann vorbei am neuen Bahnhof *Bosco Verde* über die SS54 durch Fusine/Weißenfels zur Grenze Italien-Slowenien in Rateče. Und schon wieder erfasste de Monte die Erinnerung an jene Zeit, als man noch nach Jugoslawien zum Tanken fuhr und sich im Duty Free Shop mit Zigaretten eindeckte. Ging man dann, was fast immer der Fall war, auch noch etwas essen, hatte man, alles zusammengerechnet und auf Österreich umgelegt, selbst wenn man die Kosten für die Fahrt über die Grenze abzog, noch immer einiges erspart. Dass manchmal statt einer Stange Zigaretten gleich zwei oder drei nach Österreich einreisten, obwohl nur 200 Stück Zigaretten erlaubt waren, galt sozusagen als Kavaliersdelikt. Und wenn dann ein Freund eine dieser Zigarettenstangen mit einem leichten Aufpreis abnahm, hielt sich das schlechte Gewissen auch in sehr engen Grenzen oder war gar nicht vorhanden.

Schengen sei Dank wäre von der italienisch-slowenischen Grenze gar nichts mehr zu merken. Doch, warum auch immer, wurde der Abfertigungsbereich bisher nicht abgebaut, und so fährt man noch immer an den ehemaligen Kabinen der Grenzer vorbei. Valentin de Monte blickte kurz auf sein Dienst-Handy, das noch immer im italienischen Netz eingebucht war. Im Prinzip war es ja egal, denn die Erreichbarkeit aller Beamten des TPO im Alpen-Adria-Raum musste gewährleistet sein und funktionierte auch hervorragend. Der Kommissar führte natürlich auch immer sein privates Mobiltelefon mit. Da hatte er vor Kurzem ein wahres Schnäppchen ergattert und einen Mobilvertrag abgeschlossen, der ihm unbegrenzte Telefonminuten und Daten in der gesamten EU ermöglichte, und das noch zu einem sehr günstigen Tarif. Erreichbarkeit war für ihn vor allem privat sehr wichtig, war doch das Telefon momentan die einzige Verbindung zu seiner Iris, die momentan beruflich für längere Zeit im Ausland war. Stolz war er schon auf sie, denn Iris hatte sich von der einfachen Streifenpolizistin zur Beamtin im Bundeskriminalamt hinaufgearbeitet und absolvierte gerade eine Ausbildung in der FBI Academy in Quantico in den USA. *Profiler* nennt man jene Beamte, die bei der Aufklärung von schweren Verbrechen die Ermittler unterstützen, indem sie durch Indizien, Tatortspuren und weiteren Details ein Persönlichkeitsprofil des Täters erstellen. Genau so hatte Iris ihm das erklärt. Ihm, dem Kommissar im TPO, der wohl nie die FBI-Academy von innen sehen wird, und schon zufrieden ist, wenn Chefinspektor Hausmann nichts an seiner Arbeit auszusetzen hat. Egal, die Freude über den Erfolg seiner Partnerin überwiegt allemal, und vielleicht kann sie ihm ja auch einmal bei der Aufklärung eines Falls helfen. „Besser ist, sie kommt bald wieder heim und wir machen dann endlich unseren Urlaub in Griechenland, ohne Fall, ohne TPO, ohne FBI, und vor allem ohne Chefinspektor Hausmann!"

Jetzt musste de Monte herzhaft lachen, so schräg waren seine Gedanken momentan. Er war gut weitergekommen, hätte aber beinahe die Abzweigung nach Bled versäumt. Beim Kreisverkehr mit dem Avsenik-Denkmal – eine überdimensionale Harmonika erinnert an Slavko Avsenik, den großen Musikanten und Vater der Oberkrainermusik – summte er noch ein paar Takte vom *Trompetenecho*, dann passierte er bald die Ortstafel von Bled.

„So, jetzt kommt wieder das bekannte Parkplatzproblem", dachte sich Valentin und entschied sich, einfach bis zum Hotel *Park* direkt am See vorzufahren. Dort einen

Parkplatz zu bekommen, war vom diensthabenden Concierge an der Rezeption abhängig. Die Alternative, vielmehr die Kurzparkzone beim See, wiederum war reine Glückssache, denn hier scheinen Touristen praktisch rund um die Uhr anzukommen und abzufahren, und ein Parkplatz in diesem Bereich war reine Glückssache. Der Schranken beim hoteleigenen Parkplatz war natürlich geschlossen, wie er es erwartet hatte. Nun musste er sich entscheiden: auf die *österreichische Methode*, also im übertragenen Sinn der Frage folgend „Wissen Sie überhaupt, wer ich bin?“, oder den Hotelgast gebend mit dem Risiko, nach der Zimmernummer gefragt zu werden. Valentin de Monte war noch beim Überlegen, da öffnete sich ohne irgendetwas der Schranken und der Weg zum Parkplatz war frei.

Die *Kavarna Park*, das Café mit herrlichem Blick auf den Bleder See, war nicht nur ein touristischer Hotspot, sondern auch jener Ort, wo Anfang der 1950er-Jahre die mittlerweile beinahe berühmten Bleder Cremeschnitten vom damaligen Chefkonditor des Hotels Park entwickelt wurden. Auf eine solche hatte sich de Monte schon beim Wegfahren in Thörl-Maglern gefreut. Die neue Kollegin Maja Vrbinc wäre dann noch die hoffentlich charmante Ergänzung zu diesem kulinarischen Erlebnis.

„*Dober dan*, guten Tag, ich bin hier mit Maja Vrbinc verabredet, sie hat einen Tisch reserviert.“ Weil das Personal hier durchwegs gut deutsch spricht, hatte de Monte gleich gar nicht in slowenischer Sprache gefragt. Die Kellnerin deutete auf die Terrasse: „Vorne, dritter Tisch links, wenn kommen Sie durch die Türe!“

„*Hvala lepa*, vielen Dank!“ Auf dem Tisch stand ein Schild „*Rezervirano za gospo Vrbinc* – Reserviert für Frau

Vrbinc“, also war er da richtig, allerdings, Maja war noch nicht da. De Monte blickte auf die Uhr, es war erst 10:45 Uhr und der vereinbarte Treffpunkt war um 11:00 Uhr. „Auch gut“, dachte de Monte, „da kann ich einfach die Aussicht genießen schon einmal einen Kaffee trinken, die Cremeschnitte esse ich dann später gemeinsam mit Maja. „Einen Cappuccino bitte“, bestellte de Monte. Der Alpen-Adria-Raum war einfach zusammengewachsen und vor allem der Kaffee schmeckte nun auch im ehemaligen Jugoslawien wirklich gut. Das waren noch Zeiten, als die Kellnerin in streng sitzender „Uniform“ die Bestellung auf einem Servierwagen brachte, und der Milchkaffee eher nach dunkel gefärbtem, heißem Wasser schmeckte. Bis auf wenige Ausnahmen war so eine Schale damals für Valentin de Monte untrinkbar gewesen, heute war das ganz anders, zum Glück. Die Kellnerin brachte den Kaffee und hinter ihr tauchte plötzlich eine weitere Person auf. „Sehr adrett gekleidet“, dachte sich de Monte, „Maja hat einfach Stil!“

„Kommissar de Monte?“, fragte die Person in dunkelblauem Kostüm.

„Ja bitte, das bin ich.“ De Monte stand höflich auf und erwartete schon die gegenseitige Vorstellung. Doch die Überraschung folgte sofort: „Inspektor Vrbinc lässt Sie grüßen und entschuldigt sich, dass sie etwa fünfzehn Minuten später ankommen wird!“

„Das fängt ja gut an“, dachte sich de Monte, „gleich einmal zu spät, da bin ich neugierig, was da noch folgt!“ Gleichzeitig musste er lächeln und an seinen Chefinspektor Hausmann denken, der jetzt schon die passenden Worte auf Lager hätte.

„Macht nichts, jede Minute im Dienst ist bezahlt und der Blick auf den See ohnehin ein Erlebnis!“ De Monte war ganz in Gedanken versunken, als plötzlich sein privates Handy klingelte, so laut, dass sich sogar zwei Gäste am Tisch daneben umdrehten und dann kopfschüttelnd ihr Gespräch weiterführten.

„Schatzi“ stand im Display, obwohl er jetzt nicht mit einem Anruf von Iris gerechnet hätte. „Hallo USA, hier Europa, kannst du nicht schlafen, Schatzi?“, eröffnete er das Gespräch.

„*Hello darling*, hallo, mein Schatz, ich hoffe, ich störe dich nicht im Dienst, du sitzt sicher im Büro und quälst dich mit Recherchen am Computer.“

De Monte musste schmunzeln, wollte seiner Iris aber nicht wirklich verraten, dass er am idyllischen Bleder See bei einem Cappuccino saß und eine neue Kollegin zur Kontakaufnahme erwartete.

„Ach Iris, so schlimm ist es auch nicht, ich bin unterwegs, das ist mir auch viel lieber, als im Büro zu sitzen und praktisch überwacht zu sein. Aber sag mir, bei dir in Quantico ist es jetzt gerade knapp vor fünf Uhr früh und du bist schon voll aktiv?“

„Ja, Schatz, beim FBI laufen die Uhren eben ein wenig anders, wir haben heute zuerst ein Morgentraining ab 05:30 Uhr und dann geht nach einem kurzen Frühstück gleich der Unterricht los!“

„Sollst du jetzt zur Profilerin ausgebildet werden oder wollt ihr bei internationalen Sportwettkämpfen antreten?“ De Monte war wirklich verwundert, denn es war ihm neu, dass an der FBI Academy sogar sportliches Training inkludiert war.

„Tatsächlich beides, Liebling, die haben hier wirklich eine Sportmannschaft und, wer es will, kann auch ein Teil davon werden. Da können wir dann wirklich gegeneinander antreten, du mit deinem TPO und ich mit meiner Mannschaft, das wäre doch etwas!"

De Monte konnte das verschmitzte Lächeln förmlich sehen und stellte sich vor, wie er sich mit seinen Kollegen beim Orientierungslauf gegen Iris & Co abplagen müsste, vom Coach CI Hausmann ganz zu schweigen.

„Nun aber im Ernst, geht es dir gut in den USA?" Iris war ja gerade einmal drei Wochen in Quantico im US-Bundesstaat Virginia Gast in der berühmten „FBI Academy".

„Ja, Valentin, es ist hochinteressant hier, aber du fehlst mir halt so!"

„Glaub mir, es geht mir ganz genau so, aber da müssen wir durch und ich werde dich ja hoffentlich bald besuchen, mein Liebling!" De Monte hatte jetzt seinen typischen Beziehungston und war ganz in Gedanken versunken, als er aus dem Augenwinkel eine weibliche Person aus dem Lokal auf die Terrasse tretend auf sich zukommen sah.

„Oh, Iris, ich muss jetzt leider Schluss machen, habe eben eine Nachricht auf mein Diensthandy bekommen, dass ich zurückrufen soll, äh, bis bald, ich liebe dich!" Die letzten Worte hatte er nur mehr gehaucht und die Antwort, sie bestand ebenfalls aus den berühmten drei Worten, kaum mehr gehört. Rasch steckte er sein Privathandy ein und blickte auf.

„Kommissar de Monte?"

„Ja, das bin ich, *dober dan, pozdravljeni* – guten Tag, begrüße!"

„Ich bin Inspektorin Maja Vrbinc, ihre neue Kollegin von der slowenischen Polizei!"

Valentin de Monte musste sich erst einmal konzentrieren. Die Worte von Iris klangen noch in seinem Ohr, doch jetzt musste er sich konzentrieren. Maja stand an seinem Tisch, er hatte vergessen aufzustehen, was er nun endlich tat.

„Bitte, dann können wir uns also in deutscher Sprache unterhalten, das ist fein!“ De Monte schaute Maja jetzt einmal genauer an. Sie wirkte nicht nur größer als er, sie war es auch wirklich, trug weiße Sneakers, blaue Jeans, eine leichte, weiße Bluse und hatte eine mittelgroße, moderne Handtasche quer umgehängt.

„Bitte, nehmen Sie Platz, schön, dass wir uns nun kennenlernen!“ De Monte klang in seiner leichten Verwirrung alles andere als überzeugend, daran schien sich Maja aber nicht zu stoßen und setzte sich.

„Einen Kaffee vielleicht und eine Cremeschnitte?“ Es fiel Valentin de Monte auf, dass er wie ein Kellner fragte, aber das war halt so seine Art. Zuerst bestellen, dann das Gespräch beginnen, hatte man ihm sogar in einem der vielen Kurse in Vorbereitung auf seine Arbeit beim TPO beigebracht. Wie wenn das einen Einfluss auf die Verbrechensbekämpfung hätte! Egal, der Kommissar hatte sich nun wieder gefasst und Maja war an der Reihe.

„Gern einen Kaffee, auf eine Cremeschnitte werde ich verzichten, danke!“

„Eh klar, genau, was ich erwartet habe, keine Cremeschnitte, keine Kalorien, und deshalb ich auch keine“, dachte sich de Monte wenig schmeichelhaft. „Gut, dann nehme ich mir halt später zwei Stück mit, oder drei, damit die Kollegen im Büro auch etwas von meinem Ausflug haben.“

„Natürlich, gerne!“, hauchte de Monte in Richtung Maja, bestellte einen Cappuccino für sie und sah, wie der Servierroboter – diese Attraktion war ganz neu am Bleder See – gerade mit vier Cremeschnitten zu einem anderen Tisch unterwegs war. Maja blickte indes auf den See und hinüber zur Insel mit der bekannten Kirche, wo so gerne geheiratet wird. Fast wirkte ihr Blick ein wenig traurig, doch das fiel de Monte jetzt gar nicht auf.

„Nun, dann herzlich willkommen in unserem Team, ich bin ja selbst noch nicht lange dabei, aber unsere Arbeit ist wirklich sehr interessant.“

„Das war auch der Grund, warum ich mich dafür beworben habe, als unser Ministerium die Stelle ausgeschrieben hat“, antwortete Maja. Ihre Stimme klang fest, überzeugt, aber doch mit einem sympathischen Unterton. „Haben Sie schon Erfahrungen gemacht in der Gruppe *Leib und Leben*?“

„Nun, bislang haben wir hauptsächlich schriftliche Anfragen zu Fällen in einem unserer drei Länder bearbeitet. Da ging es um Details im Zuge von Ermittlungen zu Gewaltdelikten. Sogar so simple Dinge wie eine Halterabfrage zu einem Fahrzeug wird von uns erledigt, weil ja die Länder keinen Zugriff auf die Daten der jeweils anderen Länder haben.“ De Monte klang ein wenig wie ein Schulungsbeamter, doch Maja schien das nicht zu stören. Sie richtete sich ein wenig auf, beugte sich vor und gab so durch ihre Körpersprache zu verstehen, dass sie durchaus mehr wissen wollte.

„Unsere Gruppe ist halt gerade erst eingesetzt worden, und bis wir einen Realfall zugewiesen bekommen, unterstützen wir eben auch das Alltagsgeschäft der übrigen Mannschaft. Und unser Chefinspektor Hausmann lässt

Sie grüßen und freut sich schon, Sie kennenzulernen." De Monte hätte jetzt auch noch die Grüße von Matjaž überbringen müssen, ließ das jetzt aber vorerst einmal weg. Und er war sicherheitshalber beim „Sie" geblieben, denn, obwohl er Maja etwa gleich alt einschätze, wollte er da keinen Fehler machen. Umso mehr überraschte ihn die Wortmeldung, die gleich folgte.

„Ich dachte, unter Kollegen ist man, wie sagt man auf Deutsch, per Du, stimmt das nicht so?" Maja hatte sich dabei ein wenig aufgerichtet und ganz leicht nach vorne gebeugt. Valentin war aufgrund dieser sehr offenen Reaktion etwas irritiert, fasst sich aber gleich wieder.

„Sehr gerne, also, ich bin Valentin, Volti geht auch, so sagt man doch hier bei euch, oder?"

„*Tako je* – so ist es, und ich bin Maja, aber bitte sag nicht *Mica* zu mir, so haben sie mich in der Schulzeit genannt, das mag ich jetzt aber gar nicht mehr!"

„Danke, Maja, dann auf gute Zusammenarbeit, du bist zurzeit also hier in Bled zugeteilt, wohnst du auch hier?"

„Nein, die wenigen Wohnungen, die dauerhaft vermietet werden, sind viel zu teuer, und außerdem ist mir das viel zu touristisch hier am See. Ich wohne deshalb zurzeit in Kranj, dort ist es zwar nicht aufregend, aber leistbar."

„Ja, das kann ich mir schon vorstellen, aber Kranj passt ja auch, und zur Dienststelle wird es so eine gute Stunde Fahrzeit sein." De Monte hätte jetzt noch so gerne die *Einserfrage* gestellt, was denn nun der Partner dazu sagt, dass sie jetzt beim TPO arbeitet, aber das verkniff er sich zunächst einmal.

„Auch unser italienischer Kollege Maurizio Trevestan sendet dir schöne Grüße unbekannterweise, ich habe ihn bei er Herfahrt zufällig in Tarvisio getroffen, ein netter Kerl jedenfalls!"

„Dankeschön – *hvala lepa*, Grüße zurück, falls du ihn triffst, bevor ich ihn sehe. Nett sein ist fein, aber wichtig ist unsere Arbeit. Wie fangen wir jetzt gemeinsam an?" Maja Vrbinc war keine Plaudertasche, sie machte lieber Nägel mit Köpfen, das war schon auf der Polizeischule in Ljubljana, der Hauptstadt Sloweniens, ihr Ziel. Kein Wunder also, dass sie ihren Vorgesetzten gleich aufgefallen war und auch eine sehr gute Beurteilung bekam. Dass sie nach einer Zeit als Streifenpolizistin bald in den Kriminaldienst berufen wurde, war ihr mehr als recht, denn das Radarmessen und die Alkomatkontrollen gingen ihr bald mindestens so auf die Nerven wie jenen, die sie kontrollierte.

„Ja, ich denke, wir treffen uns dann einmal morgen in der Dienststelle und besprechen alles Weitere."

„Gute Idee, aber ich muß diese Woche noch hier in Bled anwesend sein, meine Berufung ins TPO beginnt erst am kommenden Montag, dann bin ich aber pünktlich um sieben Uhr dort."

De Monte musste innerlich schmunzeln und dachte an sein etwas verspätetes Eintreffen und die Abreibung, die er dafür vom Chefinspektor bekommen hatte.

„So machen wir das, Maja, und dass du pünktlich bist, ist der perfekte Einstieg, denn der Chef steht drauf. Darf ich ihm sonst noch etwas von dir ausrichten?"

„Ja gerne, sag ihm bitte einen schönen Gruß von Katja Gornik. Sie ist meine Kommandantin hier in Bled und die beiden kennen sich schon sehr lange von bilateralen Treffen der Exekutive. Sie hat mir den Gruß extra aufgetragen!"

„Wird gemacht, und ich darf dich bitte auf den Kaffee einladen!"

Maja zögerte kurz und Valentin hoffte, das sie nicht widersprach, denn dann konnte er beim Zahlen an der Theke gleich die Cremeschnitten mitnehmen.

„*Hvala lepa* – vielen Danke! Das ist zwar nicht so meine Art, aber heute zum Einstand sozusagen, ich werde mich revanchieren!"

Maja erhob sich, richtete ihre Bluse zurecht, die, ginge es nach de Monte, ruhig etwas farbenfroher hätte sein könnte, aber da hatte er es offenbar mit einer Beamtin aus Leidenschaft zu tun, die auf solche äußerlichen Merkmale wenig Wert legte.

„Ich danke dir, Maja, auf gute Zusammenarbeit und *se vidimo* – wir sehen uns!"

Die beiden verabschiedeten sich mit Handschlag, de Monte war über den kräftigen Druck von Maja etwas überrascht, und die Beamtin verschwand so schnell wie sie gekommen war.

In diesem Moment läutete de Montes Diensthandy, etwas zu laut, denn schon wieder drehten sich die Herrschaften am Nachbartisch nach ihm um.

„Trilaterales Büro der Polizei, Kommissar De Monte, hallo!"

„Na, wenigstens die Meldung ist in Ordnung, hier spricht Chefinspektor Hausmann, wo sind Sie, de Monte?"

„Oh, Herr Chefinspektor, soeben habe ich mich von Kollegin Maja Vrbinc verabschiedet, ich bin also noch in Bled, soll ich Ihnen vielleicht …?"

De Monte konnte seine Frage nach den Cremeschnitten gar nicht fertigstellen, denn Hausmann hatte es eilig.

„Setzen Sie sich sofort in Ihr Dienstfahrzeug und kommen Sie in die Dienststelle, es wartet Arbeit auf Sie, aber nicht am Computer, diesmal geht es zu einer Leiche!"

De Monte hielt kurz inne, und antwortete dann durchaus mit einem Unterton der Neugier, aber auch etwas aufgeregt: „Leiche, soll ich Maurizio Trevestan und Maja Vrbinc auch alarmieren, allerdings, Maja ist ja erst ab Montag bei uns?"

„Nichts da, momentan nicht nötig. Trevestan ist ohnehin im Büro, jetzt brauchen wir einmal Sie allein und dann schauen wir weiter. Es geht jedenfalls in die Berge. Bis gleich, Ende!"

Chefinspektor Hausmann verfiel beim Telefonieren, zumindest am Schluss, gerne in die Funksprache und, nachdem er ja immer die übergeordnete Stelle war, sagte er dann gerne ein lautes *Ende*. De Monte zahlte schnell, verzichtete auf die Cremeschnitten für sich und die Kollegen und fuhr schnell nach Thörl-Maglern zurück.

4.

Irgendwie war der Jokl heute anders als sonst, dachte sich Josef Jamnik, als die Jagdhütte in Sicht war. Der Hias konnte den treuen Weggefährten doch nicht verwirrt haben, denn Jokl schien zu versuchen, eine Witterung aufzunehmen, hielt kurz inne, gab dann aber offensichtlich auf und wirkte wieder ganz wie immer.

„Wird wohl ein Stück in der Nähe sein", dachte sich Sepp und stellte sich schon vor, wie er heute am Abend ansitzen würde. Den Jokl wie immer am Waldboden neben der Hochsitzleiter abgelegt, schön geschützt unter dem *Joklport*, wie er den kleinen Unterstand nannte, den er extra für seinen treuen Jagdhund gebaut hatte, und der irgendwie an ein Carport erinnerte. „Ach Jokl, wir zwei sind schon ein gutes Team", sagte er zu seinem Hund, und wie wenn dieser ihn verstehen könnte, quittierte Jokl seine Aussage mit einem kurzen *Wuff*, wie immer halt.

Schön stand sie da in der Morgensonne, die Jagdhütte, die *Eva-Hütte*, denn er hatte die jagdliche Unterkunft nach seiner Gattin benannt, das war für sie damals zwar nicht eine so große Überraschung, wie Josef Jamnik gehofft hatte, für ihn aber ein Ausdruck der Liebe zu seiner Eva. Jetzt allerdings erinnerte ihn der Blick auf das Schild mit ihrem Namen immer und immer daran, dass er sich vor zwei Jahren für immer von ihr verabschieden musste. Traurig war er und doch dankbar für alles, was er mit seiner Eva erlebt hatte.

„So, Jokl, jetzt werden wir einmal frühstücken!" Der Hund quittierte diesmal seine Aussage nicht, sondern verschwand um die Ecke, offenbar wieder suchend. Sepp kümmerte das gar nicht, denn er war hungrig und freute sich schon auf ein gutes Stück Brot mit Butter und Käse, den er gestern bei der Almsennerei bekommen hatte.

Obwohl es noch etwas frisch war, entschloss sich Josef Jamnik, draußen zu frühstücken. Vom einfachen, aus groben Holzbrettern gefertigten Tisch auf der kleinen Terrasse vor der Hüttentür hatte er einen schönen Ausblick auf den See und mit ein wenig Glück und beim richtigen Wind konnte er manchmal sogar ein Stück Wild oder gleich mehrere beim Äsen sehen.

Jamnik trug alles heraus und nahm beim reich gedeckten Tisch Platz. So schön wie Eva richtete er das Frühstück nicht. Da war der Schinken und Käse einfach in der Originalverpackung und die Butter im Papier von der Sennerin und nicht in der Butterdose, die natürlich von derselben Geschirrserie war wie die Teller und Tassen.

Hauptsache es schmeckt, dachte sich der Sepp, erkannte aber, wie er zur Kaffeetasse griff, dass er vergessen hatte, die Milch mit herauszunehmen. Ach, Eva hatte immer Milch in einem Kännchen, natürlich auch aus der Geschirrserie, auf den Tisch gestellt, das war halt nicht mehr so. Sepp stand eher widerwillig auf und ging in die Hütte, um die Milchpackung aus dem Kühlschrank zu nehmen. „Und es ist wieder so gekommen wie fast jeden Tag", dachte der Sepp gleich. Tasse draußen vergessen, also Milchpackung aus dem Kühlschrank nehmen, hinaustragen, Milch in den Kaffee schütten und die Milchpackung dann wieder hereintragen, denn die gehört in den Kühlschrank. Doppelter Weg, halbe Gaude, nennt er das gerne.

Gerade beim Kühlschrank hörte er wieder ein „Wuff" vom Jokl, diesmal aber etwas deutlicher als sonst.

„Hallo, ist da wer, oder hast du ein Wild entdeckt, Jokl?" Der Sepp stand mit der Milchpackung in der Hand auf der Terrasse. Jokl kam um die Hüttenecke und machte noch einmal *Wuff*, allerdings an Sepp vorbei. Nun drehte sich dieser um, schaute überrascht, hielt kurz inne und sagt dann: „Ja glaubst denn das auch, servus …!"

Den Namen konnte er nicht mehr aussprechen, denn sein Gegenüber hatte bereits zugeschlagen. Der Zapin, ein Arbeitsgerät der Holzknechte, das zum Bewegen von Stämmen dient, hatte sich in seinen Körper gebohrt und mannstoppend wie ein schweres Jagdkaliber gewirkt. Josef Jamnik stammelte noch etwas wie „Warum?" und brach dann zusammen. Den zweiten Schlag spürte er nicht mehr.

Die Milchpackung war zu Boden gefallen, und die Milch lief die Bretter entlang, die schon rot gefärbt waren. Und Jokl? Der kaute scheinbar zufrieden ein Stück Wurst, das ihm der Gast zugeworfen hatte und nahm von der grauenhaften Szene kaum Notiz, zu vertraut war ihm das Gegenüber, das sich jetzt über sein Herrl beugte. Und schon hörte man nur mehr das Vogelgezwitscher und der Turrachsee lag ebenso still da wie in der Früh.

5.

Wie er doch die Nacht hasste, aber im Schutz der Dunkelheit war es wesentlich einfacher, die Waren über die grüne Grenze zu bringen als am Tag. Und außerdem waren die Zöllner auch nicht so intensiv unterwegs in den Nachtstunden. Vilko hatte wieder einen Auftrag bekommen. Der *große Unbekannte* – es wusste allerdings niemand, ob der Unbekannte groß oder klein war, aber man sagte einfach so zu ihm – hatte angerufen und einen Transport in Auftrag gegeben. Schnaps und Zigaretten sollten Vilko und seine Mannen nach Kärnten bringen oder vielmehr knapp über die Grenze, wo sie dann die Rucksäcke einfach abstellten. Diese wurden dann von den Kärntnern abgeholt. Gesehen hatte Vilko noch keinen von ihnen, doch das war ihm herzlich egal. Für ihn war nur wichtig, dass die Soldaten der Jugoslawischen Volksarmee sie nicht erwischten, denn die waren gründlich, sehr gründlich sogar. Vilko und seine Burschen hatten ein System, wann und wie sie unerkannt zur Grenze kamen, akribisch erarbeitet und konnten beinahe auf die Minute voraussagen, wo und vor allem wann die Soldaten bei ihren Kontrollgängen vorbeikamen.

Schwer waren die Rucksäcke und der Lohn für die gefährliche Tour war bescheiden, aber Vilko war froh über jeden Zusatzverdienst. Im Stahlwerk in Jesenice hatte er zwar einen sicheren Arbeitsplatz, aber auch ein bescheidenes Einkommen. „Da reden sie dauernd, wie wichtig unser Werk für die Volkswirtschaft ist, aber zahlen wollen sie nur einen Hungerlohn!“ Solche Worte konnte er sich maximal denken, denn sonst war einer der freundlichen Herren in blauem Anzug und Krawatte rasch zur Stelle, und dann konnte er wenig bis gar nichts mehr für seine Familie tun.

Da war es seiner Schwester Eva viel besser ergangen. Was hatte sie doch für ein Glück gehabt, dass sie genau da im Jagdhaus des Bürgermeisters von Radovljica als Bedienerin arbeitete, als Jagdgäste aus Kärnten dort übernachteten, und sich einer genau in sie verschaut hatte. Der Josef und die Eva, eine grenzüberschreitende Liebesgeschichte, obwohl, wenn man bedenkt, dass diese Region ja in der k.u.k Monarchie Hunderte Jahre lang ein Staat war, ist das dann wieder doch nicht so verwunderlich.

„Vilko, wo sind heute die Rucksäcke?“ Einer seiner Träger wirkte nicht nur etwas ungeduldig, er war es auch.

„Das sag ich euch noch rechtzeitig! Glaubt mir, je weniger ihr wisst, desto besser ist es für euch!“

Vilko war klar, dass auch er nur ein kleines Rad in einer wahrscheinlich großen Organisation war, und er hatte gelernt, dass Arbeitsteilung hier große Bedeutung hatte. Ein Mitglied der Organisation kannte nur die engsten Kollegen und die Kommunikation zwischen den Teams funktionierte kurz, knapp und fast immer nur mit einer Zettelwirtschaft. So konnte verhindert werden, dass ein einzelnes Mitglied die gesamte Organisation nicht verraten und vor allem nicht erpressen konnte. Die Macher und vor allem der große Unbekannte hatten scheinbar an alles gedacht.

Bereits zu Hause hatte Vilko in der Früh den üblichen Zettel im Briefkasten vorgefunden, der alle Details enthielt. Schon oft hatte er versucht, den Überbringer zu beobachten, doch bisher war es ihm noch nie gelungen.

Also konzentrierte sich Vilko mehr auf die Ausführung des Auftrags und freute sich schon auf das Geld, das bei den Rucksäcken hinterlegt war. Natürlich waren es nicht jugoslawische Dinar sondern harte Währung, also Österreichische Schilling oder Italienische Lire, und dafür konnte man in Jugoslawien Waren bekommen, die man mit Dinar eben nicht so leicht oder gar nicht kaufen konnte.

„Wir sind zu viert, es sind heute aber sechs Rucksäcke, also müssen zwei von uns jeweils zwei tragen“, sagte Vilko zu seiner Mannschaft. Die Burschen murrten hörbar, sagten aber nichts, denn sie wussten, dass Vilko gut zahlte, dafür aber auch keine Widerrede duldete.

„Jetzt regt euch doch nicht auf, Tone, du nimmst einen mit Schnaps und vorne einen mit Zigaretten, und ich mache das auch so! Und dann bekommst du auch etwas mehr!“ Wieder hörte er ein leises Murren, denn jetzt hätte sich auch einer der anderen zwei freiwillig gemeldet, aber die Einteilung war gemacht.

Es wird wohl ein mehrstündiger Marsch in der Dunkelheit werden, vom Treffpunkt in Kranjska Gora zum Versteck, wo die Rucksäcke lagerten, und dann hinauf auf den Berg zur Grenze. Dass heute dort die Weitwanderer am Alpe-Adria-Trail unterwegs sind, konnten die Schmuggler in den 1980er-Jahren nicht ahnen.

6.

Die Fahrt von Bled zurück zur Dienststelle dauerte gefühlt wesentlich kürzer als die Hinreise, doch das kannte Valentin de Monte schon gut von anderen Ausfahrten. Wieder wählte er in Tarvisio den Weg durch den Ort, diesmal sprang ihm aber Maurizio Trevestan nicht vor das Auto. Kurz überlegte er, seine Iris anzurufen, verwarf diesen Gedanken dann aber, letztlich auch aufgrund der Kosten, denn die Gebühren für die Telefonate in die USA waren gar nicht so günstig. Daher beschloss er, Iris vom Büro aus eine Nachricht zu senden, „Vater Staat" stellte dort ja ein WLAN zur Verfügung, und so war das Ganze dann kostenlos.

Beim Einbiegen auf den öffentlichen Parkplatz – er stellte das Dienstfahrzeug immer ganz hinten ab, um den Gästen der beiden Lokale genug Platz zu lassen – wendete er seinen Blick natürlich auf die Terrasse des Cafés, wo Laura fleißig die Gäste bediente. Diesmal gab es keinen Winker für ihn, er hob zwar zögerlich die Hand, verzichtete dann aber auf eine Geste des Grußes, da er nicht wollte, dass einer der Stammgäste meinte, er werde jetzt schon von der Exekutive gegrüßt. Valentin wusste halt, was er seinem TPO, dem Tirlateralen Police Office, schuldig war.

Beim Schließen der Autotür überlegte er kurz, einen schnellen Espresso bei Laura zu nehmen, verwarf den Gedanken aber gleich, weil er gesehen hatte, dass sich der Vorhang in Chefinspektor Hausmanns Büro leicht bewegte.

„Den Gefallen mache ich dir, äh, Ihnen nicht – de Monte war natürlich mit Hausmann per Sie –, aber Gedanken sind ja bekanntlich frei – de Monte ist sofort zur Stelle“, dachte er sich, während er mit eher flotten Schritten den Eingang ansteuerte.

„*Ciao Valentino, vieni qui per un espresso* – Servus Valentin, komm her auf einen Espresso!“, Laura hatte ihn also doch gesehen, winkte und lächelte so freundlich, dass Valentin es förmlich über den Platz bis zu ihm hin spürte.

Er machte zuerst mit einer Hand ein Zeichen in Richtung Büro und dann mit beiden Händen eine rollende Bewegung, die ausdrücken sollte, dass er später vorbeischauen wird. Laura verstand sofort, antwortete mit dem Daumen nach oben, und schon war Valentin beim Willkommens-Schild des TPO. Langsam stieg seine Spannung, denn Chefinspektor Hausmann hatte ja angekündigt, dass es einen Fall gebe. „*Sono pronto* – ich bin bereit“, so wollte sich de Monte zurückmelden und betrat forschen Schrittes das große Büro, wo Kolleginnen und Kollegen aus allen drei Ländern an ihren Arbeitsplätzen beschäftigt waren.

„Hallo miteinander!“, sagte de Monte, denn mit allen hatte er noch gar nicht Kontakt gehabt, also war diese allgemeine Begrüßung für ihn der optimale Mittelweg. Die Tür zum Chefbüro stand offen, sicher hatte Hausmann ihn bereits gesehen. Also nichts wie hinein, wäre da nicht ein Detail gewesen, das de Monte vor lauter Neugier auf den Fall natürlich übersehen hatte.

„Schlüssel in den Kasten und Dienstbucheintrag schreiben!“ Chefinspektor Hausmann hatte gleich einmal auf eine Begrüßung verzichtet.

„Oh, sorry, Chef, wird sofort erledigt!" De Monte hängte den Schlüssel an den richtigen Platz, nämlich an jenen Haken, über dem fein säuberlich die Autonummer des dunkelblauen Dienstfahrzeuges aufgeklebt war. Jetzt noch das Dienstbuch, doch da geriet der Kommissar ins Stocken. Er hatte nämlich den Kilometerstand nicht abgelesen. Trotzdem machte er den Eintrag und ließ diese Position eben aus, das konnte er später auch noch ergänzen.

„Ist mir auch schon öfter passiert, kannst ja dann nachtragen, aber lass dich nicht vom Chef erwischen!" sagte eine Kollegin halblaut. Sie war hinter de Monte zum Kopierer gegangen und hatte sein Zögern beim Eintrag gemerkt.

Er blickte auf und zwinkerte ihr zu, dann schloss er rasch das Dienstbuch und ging die paar Schritte zum Chefbüro.

„Darf man eintreten?" De Monte fragte lieber, um nicht gleich eine weitere Abreibung vom Chef zu bekommen.

„Ja klar, hat ohnehin lange genug gedauert, bis sie aufgetaucht sind. Und wie war's mit der neuen Kollegin aus Slowenien?"

„Eh gut, ich soll übrigens einen schönen Gruß von Katja Gornik, der Kommandantin der Inspektion in Bled ausrichten."

Chefinspektor Hausmann blickte auf und schien für einen kurzen Moment ein wenig irritiert, vielleicht sogar erschreckt oder eher ertappt. De Monte verzichtete darauf, das in irgendeiner Weise zu kommentierten, doch beim nächsten Treffen mit Maja musste er dazu jedenfalls nachfragen.

„Danke, de Monte, und haben Sie das Gefühl, dass Kollegin Vrbinc zu uns passt?"

„Doch, schon, allerdings mag sie keine Cremeschnitten, oder sie gönnt sich zumindest keine."

Auf diese Bemerkung hätte de Monte besser verzichten sollen, denn jetzt blickte Hausmann auf und klopfte mit der linken Hand auf seinen Schreibtisch.

„Wie wenn das für die Ermittlungsarbeit wichtig wäre. De Monte, Sie müssen noch viel lernen, aber es ist ja noch nicht zu spät! So, jetzt aber zu unserem Fall, nehmen Sie einmal Platz, und notieren Sie!"

De Monte griff in seine Jackentasche, dort hatte er immer einen kleinen Notizblock zur Hand. Orange, mit Spiralbindung und karierten Blättern. Die Eselsohren an den beiden Ecken waren nicht schön, aber das Aussehen spielte bei seinem „Ermittlungsblock" ja wohl keine Rolle, sondern vielmehr das, was er notierte.

„Ich bin schreibbereit, Herr Chefinspektor!"

„Jetzt hören Sie lieber einmal zu, schreiben können Sie dann noch immer. Also, es gab einen Mord auf der Turracher Höhe. Ein Jagdpächter, Josef Jamnik, 75 Jahre alt, ist auf der Terrasse seiner Hütte erschlagen aufgefunden worden. Tatwaffe war ein Zapin; wissen Sie, was das ist?"

„Natürlich, Herr Chefinspektor, ein Zapin, wir sagen auch *Zappl*, wird im Forst verwendet, so eine Spitzhacke zum Bewegen der gefällten Stämme, ich musste daheim auch damit arbeiten."

„Gut, jedenfalls kann das offenbar auch eine grausliche Waffe sein, war kein schöner Anblick für die Kollegen vom Landeskriminalamt, die Fotos zeige ich Ihnen gleich."

„Das kann ich mir vorstellen, aber was ist jetzt meine, sorry, unsere Aufgabe?"

„Also, beim Toten wurde in der Hosentasche neben dem Schnäuztuch ein Zettel entdeckt, darauf stand ‚Vilko anrufen'. Und weil in der Hütte ein Foto zu sehen ist, auf dem der Tote mit seiner Gattin – die ist übrigens vor zwei Jahren verstorben – bei einer Geburtstagsfeier zu sehen ist, und neben ihr ein Mann eine Torte hält, auf der „Vilko 60" zu lesen ist, haben die Kollegen recherchiert. Dabei sind sie draufgekommen, dass Vilko der Bruder der verstorbenen Frau des Mordopfers ist, Vilko Horvat. Das war dann Auslöser, dass der zuständige Kollege uns kontaktiert hat, denn für grenzüberschreitende Nachforschungen sind wir zuständig. Ihr Fall, de Monte, und Maja Vrbinc ziehen Sie hinzu. Ich werde gleich mit ihrer Kommandantin Kontakt aufnehmen, dass wir Kollegin Vrbinc schon diese Woche brauchen."

„Da werden ihre offenbar guten Kontakte zu Kommandantin Gornik ja hilfreich sein", hätte de Monte jetzt gerne gesagt, denn die Kollegen haben ihm schon erzählt, dass der Chefinspektor intensive Kontakte mit ihr pflegt. De Monte kritzelte nun die Informationen in seinen Notizblock und blickte wieder zum Chef auf.

„Und einen besseren Notizblock sollten Sie sich auch zulegen, das macht ja kein Bild, diese zerknitterten Seiten!" Hausmann war einfach ein Formalist, de Monte in diesem Fall eher ein Journalist, aber letztlich zählt ja der Inhalt, nicht die Verpackung, das hätte der Kommissar seinem Chef noch gerne gesagt, verzichtete aber auch darauf.

Wortlos erhob sich de Monte, murmelte etwas wie „Bericht folgt so rasch wie möglich", verließ das Chefbüro und ging zu seinem Schreibtisch. Sein erster Fall im TPO, jetzt ist es echt, jetzt konnte er endlich grenzenlos ermitteln. Er ging nochmals die Eckpunkte seiner Ausbildung durch: Ruhe bewahren, Fakten checken, Zusammenhänge erkennen, mögliche Verbindungen zuordnen, Irrtümer aufklären, Zeitachsen definieren und letztlich den oder die Täter erkennen und mit klaren Beweisen überführen. De Monte entschloss sich, zunächst einmal die ehemaligen Kollegen vom LKA zu kontaktierten, wählte die Nummer seiner ehemaligen Büros und war gleich verbunden.

„Landeskriminalamt, Gruppe Leib und Leben, wer spricht?" Valentin de Monte erkannte sofort die Stimme von Michael Berger, einem seiner ehemaligen Partner in Klagenfurt.

„Servus Michi, da ist der Valentin, wie geht's dir?"

„Oh, der Herr Alpen-Adria-Ermittler, was verschafft mir die Ehre, ein grenzüberschreitender Fall?"

„Was sonst, Michi, unser Chef hat mir den Mordfall Jamnik, den von der Turracher Höhe, zugeteilt, hast du damit zu tun?"

„Nein, Volti, den macht der Silvio, weißt eh, der nach deinem Abgang an die Grenze gekommen ist, kennst ihn ja, oder nicht?"

„Kennen ist ein wenig zu viel ausgedrückt", sagte de Monte und ärgerte sich, jetzt auch noch einem Grünschnabel zuarbeiten zu müssen. „Bitte verbinde mich zu ihm, denn unser Chef hat es eilig, danke, und alles Gute, Michi, wir hören uns!"

„Hallo", tönte es nach zweimaligem Läuten.

„Bin ich jetzt beim Silvio gelandet?", fragte de Monte und ärgerte sich, dass der Kollege nicht einmal seinen Namen nannte. Offenbar hatte Hausmann mit seiner Genauigkeit doch recht. De Monte verzichtete jetzt aber auf eine solche Diskussion, denn mit langen Erklärungen wollte er sich nicht selbst behindern.

„Hier Kommissar de Monte, Trilaterales Büro Thörl-Maglern, ich soll mich bei Ihnen zum Mordfall Jamnik melden, was liegt an?“ Gerade freundlich klang das nicht, aber mehr war momentan nicht notwendig und außerdem benötigte ja der Kollege etwas von ihm und nicht umgekehrt.

„Ah, danke, ich habe schon auf den Anruf gewartet. Ja, es gibt zum Fall Jamnik eine Spur nach Slowenien und da kommen wir nicht weiter, denn wir bekommen über das System keine Daten und müssen uns da an das TPO wenden, sagt unser Chef.“

„Richtig, aber machen wir es kurz, am besten, wir treffen uns am Tatort, Sie bringen alle Unterlagen mit und dann sehen wir weiter, einverstanden?“

„Ja, gerne, dann kommen Sie zur *Eva-Hütte* auf der Turracher Höhe, die Daten schicke ich Ihnen gleich per E-Mail.“

„Verstanden, morgen in der Früh reicht aber, denn ich hatte heute schon einen langen Tag.“

„Natürlich, morgen um neun Uhr, bis dann!“

„Danke, Herr Kollege, de Monte Ende!“

Der Kommissar musste schmunzeln, denn jetzt ertappte er sich doch selbst dabei, diese Unart von seinem Chef auch anzuwenden. Das war für ihn aber gar nicht so falsch, denn irgendwie war er jetzt ja auch die übergeordnete Stelle, weil er eben grenzüberschreitend im Einsatz war.

7.

Den Forstweg mochte der Hias gar nicht, es knirschte und knarrte bei jedem Schritt, also war die Chance auf einen *Anblick* so gut wie null. Auf der anderen Seite war es eine einfache Möglichkeit, ins Tal zu kommen, denn mit dem *Abbaumen*, wie die Jäger zum Verlassen des Hochsitzes sagen, war ja die morgendliche Jagd praktisch beendet und jetzt, hier auf der Reviergrenze, gar noch zum Schuss zu kommen, nicht im Interesse des erfahrenen Jägers. Hias war in Gedanken versunken und irgendwie wurmte ihn die Erkenntnis, dass er dem Sepp gar nichts von dem starken Rehbock erzählt hatte, den er keine zehn Minuten vor dem Zusammentreffen mit dem Reviernachbarn in seinem Bereich erblickt und angesprochen hatte. Der Wind stand günstig, deshalb äste der Bock seelenruhig weiter, während Hias ihn durch sein Fernglas begutachtete. Ein *Sechser* mit starken Rosen, über die Lauscher hoch auf, vielleicht sogar schon ein wenig zurückgesetzt. „Ein Weltbock", dachte sich Hias und speicherte den Anblick gleich in seinem imaginären Bestandsverzeichnis ab. „Der wird schon zu uns herkommen und dann ist es so weit", hörte sich Hias förmlich sagen, und war wieder in der Realität angelangt.

Nichts, rein gar nichts hatte er dem Sepp von dem starken Bock in seinem Revier gesagt, das bereute er jetzt mit jedem Schritt. Und mit jedem weiteren wurde das schlechte Gewissen stärker, bis es schließlich so stark war, dass er stehen blieb, umdrehte und den Forstweg wieder bergwärts ging.

„Ich muss dem Sepp vom Anblick und vom Bock erzählen, das bin ich meinem Gewissen schuldig“, dachte sich der Waidmann, der noch zu jenen gehörte, die irgendwie daran glaubten, dass Sankt Hubertus immer und überall bei der Jagd mit dabei sei.

Und wie er so in Richtung *Eva-Hütte* ging, war er sich immer mehr sicher, das Richtige zu tun. Beinahe wäre er gar nicht mehr dazu gekommen – dass Sepp zu diesem Zeitpunkt schon im Jäger-Himmel war, konnte er ja nicht ahnen –, denn bei der scharfen Kurve geschah es dann. Hias ging wie immer zwar nicht in der Mitte, aber auch nicht am Fahrbahnrand und hatte vor lauter Denken das herannahende Fahrzeug weder bemerkt – der Staub war sogar um die Kurve zu sehen – noch gehört. Der Geländewagen raste so schnell dahin, dass er ein wenig gegen den linken Rand driftete, und hier ging gerade der Hias.

Zu einer Reaktion war der Jäger so gut wie gar nicht fähig. Instinktiv drehte er sich zur Seite, und das reichte gerade aus, um zu verhindern, dass der Geländewagen ihn frontal nahm. *Klatsch*, machte es, als der Hias vom Seitenspiegel einen Schlag verpasst bekam. Es wuchtete ihn in den Straßengraben, der aber zum Glück mit Anflug von Fichten bewachsen war. Am Ende landete Hias unsanft auf seinem Hinterteil, der große Rucksack verhinderte, dass er mit dem Kopf gegen einen der vielen Steine knallte, und so schnell, wie der Wagen um die Kurve geprescht war, war die Szene auch schon wieder vorbei.

Hias lag da und musste sich erst einmal fassen. Ganz wie ein erfahrener Jäger es tut, galt seine Sorge zuerst seiner

Waffe. Doch die hatte nichts abbekommen. Das wäre auch eine Katastrophe gewesen, handelte es sich doch um eine *Ferlacher Triumph*, einen Bockdrilling bester Qualität, aus der Waffenschmiede in Ferlach in Kärnten, der südlichsten Stadt Österreichs.

„Ja sag einmal, du Idiot du, du Raser du, du …", Hias verwendete noch ein paar richtig ordentliche Schimpfwörter, aber das brauchte er auch, um den Druck loszuwerden. Noch ein Blick auf den Drilling, alles in Ordnung, dann der Versuch, aufzustehen, der auch gelang, und schließlich die zwei Schritte heraus aus dem Spitzgraben. Hias war heil, der Drilling auch und das Fernglas, das wie immer, gehalten vom Halsriemen, auf seiner Brust baumelte, hatte nichts abbekommen.

„Da wird er aber schauen, der Sepp, was da für Leute unterwegs sein", dachte sich Hias. Aber die Nachricht vom starken Bock wird dann das ungute Erlebnis überstrahlen. Weit war es ja nicht mehr bis zur *Eva-Hütte* und Hias war ja ein guter Geher. Als er nur noch gut zweihundert Meter entfernt war, vernahm er das Winseln eines Hundes. Diesen Ton kannte er, hatte er ja auch drei Jagdhunde großgezogen und konnte, egal welche Rasse, doch die Tonlagen unterscheiden und zuordnen. Was er da hörte war Klage, ja geradezu Verzweiflung, und das machte ihm Sorgen. Es konnte sich doch nur um Jokl, den treuen Gefährten vom Sepp handeln. Doch warum sollte der verzweifelt sein, warum sollte er klagen?

Mathis Leitner erhöhte instinktiv seine Schrittanzahl. Am Ende verfiel er sogar in eine Art Laufschritt und hielt das Tempo, bis er bei der Hütte angekommen war, wo er stehen blieb. Was er sah, raubte ihm den Atem.

Da saß Jokl, der treue Jagdhund, der nicht aufhörte zu klagen, mit seinen Pfoten in einer rot-weißen Pfütze, und vor ihm lag der Sepp.

„Sepp, um Gottes willen, was ist denn da los?" Die Stimme von Hias überschlug sich, weg waren die Gedanken an den starken Bock und wie er dem Sepp sagen sollte, dass er ihn gesehen, aber beim Zusammentreffen nicht erwähnt hatte.

„Sepp tot!", der Gedanke fühlte sich an wie ein Jagdhornsignal und doch war er so real. Als erfahrener Jäger wusste Hias, dass er sich nun weder der offensichtlichen Leiche noch dem klagenden Hund nähern durfte, ohne zu riskieren, dass der Jokl ihn anfiel.

Graulich war das alles, der klagende Jokl, der erschlagene Sepp, das geöffnete Packerl, aus dem noch immer Milch tropfte und der blutige Zapin, der in der hinteren Ecke der Terrasse lag.

Mit einem Pulsschlag, der jenem eines Hobbysportlers, der sich übernommen hatte, recht nahekam, versuchte sich Hias, zu fassen. „Handy, wo ist mein Handy?", seine Gedanken spielten verrückt. „Rettung anrufen, Polizei anrufen, Feuerwehr, brauchen wir auch die Feuerwehr?"

Die Suche wurde beinahe zu einer Turnübung. Beim ungewollten Sprung in den Straßengraben hatte er sich doch ordentlich verkrampft und um die eigene Achse gedreht, was nun seine Bewegungsfähigkeit deutlich einschränkte.

„Nie mehr kaufe ich mir eine Jagdjacke mit so vielen Taschen. Wo ist denn dieses Handy bloß?" Die vorletzte Möglichkeit brachte den Erfolg. Er hatte sein Handy in der Tasche am rechten Oberschenkel der Jagdhose deponiert, damit es gleich zur Hand war, wenn er vom Hochsitz aus ein Wild fotografieren wollte.

Mit zitternden Fingern wählte er: 1-3-3. Die Gegenstelle meldete sich: „Polizei-Notruf, geben Sie Ihren Namen und Standort bekannt!“

„Da ist der Hias, also der Mathias Leitner, vulgo *Unterer Tschlatscher*, der Sepp ist tot!!!“

„Jetzt beruhigen Sie sich einmal, Herr Leitner! Wo sind Sie und was ist geschehen?“ Dass der Beamte am anderen Ende der Notrufleitung bestens geschult und doch beinahe freundlich war, half dem verzweifelten Hias sehr.

„Also, i bin der Hias, der Tschlatscher-Hias und der Sepp ist tot, der Jamnik Sepp, also Josef Jamnik, und wir sind bei seiner Jagdhütte, der Jokl ist auch da!“

„Langsam, Herr Tschlatscher!“

„Nicht Tschlatscher, so heißt es bei uns daheim beim Haus, ich bin der Herr Leitner, und ich melde einen Toten, der liegt da mit einem offenen Milchpackerl und der Hund klagt.“

Sepp begann schön langsam, wieder in die Spur zu kommen, räusperte sich und setzte noch einmal an.

„Leitner Mathias, vulgo *Unterer Tschlatscher*, meldet einen Toten bei der *Eva-Hütte* auf der Turracher Höhe, bitte kommen Sie sofort!“

„Herr Leitner, ich habe alles verstanden. Bitte rühren Sie auf keinen Fall etwas an! Hat die *Eva-Hütte* eventuell so etwas wie eine Hausnummer?“

„Jawohl, Herr Inspektor, jede Hütte hat hier eine Hausnummer, *Eva-Hütte*, Turracher Höhe 133. Das ist ganz leicht, wie Ihre Telefonnummer, Herr Inspektor.“

Hias konnte noch immer nicht ganz klar denken, zu brutal war der nach wie vor furchtbare Anblick des erschlagenen Sepp und das Gewinsel seines Jokl. „Kommen Sie schnell!“

„Herr Leitner, eine Streife ist in Kürze zu Ihnen unterwegs, bitte erwarten Sie die Beamten und, wie bereits gesagt, rühren Sie bitte nichts an!“

8.

„Polizeiinspektion Patergassen, Überbacher, Grüß Gott!" Der Beamte hatte sofort abgehoben, und Kommissar de Monte legte gleich los.

„Kommissar de Monte, Trilaterales Polizeibüro Thörl-Maglern, es geht um den Fall Jamnik, ich bin mit den Kollegen vom LKA bei Ihnen verabredet, sind die schon da?"

„Ah, Sie sind also der Alpen-Adria-Experte, der hier Licht in das Nockberge-Dunkel bringen soll! Herr Kommissar, negativ, die Kollegen sind schon auf die Turracher Höhe gefahren. Wünschen Sie, von uns dorthin gebracht zu werden?"

De Monte überlegte kurz, lehnte dann aber freundlich ab und beschloss, selbst hinauf zu fahren. Außerdem hatte er ja wieder das dunkelblaue Dienstfahrzeug, von dem er jetzt auch den Kilometerstand nach der Rückkehr aus Bled notiert hatte, um ihn dann ins Dienstbuch einzutragen.

Auf der Turracher Höhe war er schon in der Kindheit und Jugend zum Schifahren gewesen. Wann war jetzt der Schikurs dort oben, wird wohl während der Hauptschulzeit in Arnoldstein gewesen sein, oder doch im Gymnasium in Villach? Wie auch immer, de Monte gab Gas und war bald bei der „Schlüsselstelle" der Turracher Straße, dem Stück mit 23 % Steigung. Früher war das eine gefürchtete Stelle, sowohl hinauf als auch hinunter, denn als die Motoren noch nicht so stark und die Bremsen auch eher schwach waren, galt die Fahrt auf die Turracher Höhe durchaus als Herausforderung, von winterlichen Verhältnissen mit Schnee und Eis ganz zu schweigen.

Eva-Hütte, Hausnummer 133, so hatte es ihm der Kollege vom LKA gesagt und, dem Navigationsprogramm sei Dank, wusste er auch, dass er in die dritte Straße rechts abbiegen musste, sobald er die Passhöhe erreicht hatte. „Wie oft wollte ich Iris schon zu einem Urlaub hier heroben einladen, mit beheiztem Bad im See, kulinarischen Genüssen und mit allem, was sonst noch dazugehört!"

De Monte hätte beinahe die Abzweigung versäumt, nur mit einer kurzen, aber heftigen, Bremsung schaffte er es hinein in den eher schmalen Schotterweg, der bald wieder bergwärts führte. Vorbei an den Ferienhütten ging es nach oben. Der staubige Weg hinterließ seine Spuren auf der Windschutzscheibe und de Monte wusste, dass er vor der Rückkehr nach Thörl-Maglern noch zur Waschstraße fahren würde müssen.

Der Punkt, der die Ankunft in der Karte des Navigationssystems darstellte, kam immer näher und schon erkannte er das Zivilfahrzeug des LKA, schließlich war er ja selbst oft genug damit unterwegs gewesen.

„De Monte vom TPO, begrüße!" Der Kommissar blieb zuerst einmal freundlich, aber auch nicht zu kameradschaftlich, kannte er doch jene zwei Beamten auf der Terrasse der Jagdhütte noch nicht persönlich.

„Guten Morgen, Kollege, Silvio ist in der Hütte, er leitet die Ermittlungen."

Valentin nickte den beiden zu und ging dann in die Hütte. Eine klassische Jagdhütte, gemütlich eingerichtet, gut ausgestattet und vor allem sauber. Wenn er da an die Hütten, die er als Kind und Jugendlicher mit seinem Vater besucht hat, dachte, war schon ein riesiger Unterscheid zu bemerken.

„Guten Morgen, ich bin Valentin de Monte vom Trilateralen Büro!"

Der Mann, der eben die Fotos an der Wand neben der geöffneten Schlafzimmertür betrachtete, drehte sich um, schaute de Monte zunächst einmal prüfend an.

„De Monte, der Mann aus den Bergen, nun also in den Bergen, Silvio Oberdorfer, LKA, guten Morgen!"

„Guten Morgen! Das war ja kein schöner Anblick da draußen auf der Terrasse, ein brutaler Mord also, hat man die Tatwaffe sicherstellen können?"

„Ja, die hat der Täter hinten an die Hütte gelehnt, ein Zapin, ein altes Holzarbeiter-Werkzeug, schon ganz schön verrostet." Oberdorfer nahm seine Mappe, die er auf die Kommode gelegt hatte, zur Hand, schlug sie auf und zeigte de Monte den Ausdruck des Fotos vom an die Wand gelehnten Zapin.

„Woraus schließt ihr denn, dass es ein Täter war, es könnte ja auch eine Täterin gewesen sein", sagte de Monte mit etwas Druck in der Stimme, obwohl er es selbst nicht so wirklich bezweifelte, dass es ein Mann war, der den Hüttenbesitzer niedergestreckt hatte.

„Nun, Beweise haben wir keine dafür gefunden, dass es ein Mann war, aber es deutet eben einiges darauf hin, vor allem die Wucht, mit der die beiden Schläge auf das Opfer ausgeübt wurden, einfach grauslich, wenn ich mir die unfachmännische Bemerkung erlauben darf." Silvio Oberdorfers Gesichtsausdruck ließ darauf schließen, dass er so einen Tatort vorher noch nicht gesehen hatte.

„Was hat Sie … oder sagen wir doch einfach Du, einverstanden, ich bin der Valentin!"

„Gerne, Silvio", antwortete der Kollege vom LKA und zeigte gleich auf eines der Fotos an der Wand. „Also, Valentin, zuerst haben wir in der Hosentasche des Opfers, der Mann hieß übrigens Josef Jamnik und hat diese Hütte mit Jagdvrevier auf zehn Jahre gepachtet, einen Zettel gefunden. Darauf stand ‚Vilko anrufen'. Bei der ersten Tatortbegehung haben wir dann dieses Foto gesehen." Oberdorfer zeigte auf das Foto, das offenbar bei einer Geburtstagsfeier entstanden war und einen Mann in der Mitte zeigte, der eine Torte in den Händen hielt, auf der zu lesen war: *„Vse najboljše Vilko"*.

„… *za rojstni dan* – zum Geburtstag", das fehlt noch, also „Alles Gute zum Geburtstag" und der Jubilar heißt „Vilko", sagte de Monte und ging näher zum Foto um mögliche Details zu erkennen.

„Der Mann links ist das Mordopfer, Josef Jamnik, und die Frau rechts seine Gattin Eva, die ist aber schon verstorben." Silvio Oberdorfer und sein Team hatten rasch und gründlich recherchiert. „Jetzt brauchen wir aber ihre Unterstützung, denn Eva Jamnik, geborene Horvat, stammt aus Slowenien und der Jubilar ist ihr Bruder, Vilko Horvat. Wir kommen aber nicht weiter, denn das LKA hat ja keinen Zugang zu Melderegister und anderen Details, deshalb haben wir ihr Büro kontaktiert."

„Alles richtig gemacht, Silvio, deshalb bin ich auch hier. Gibt es Zeugen, die irgendetwas bemerkt haben?"

„Gefunden wurde das Opfer vom Nachbarn, also dem Reviernachbarn, ein Herr Mathias Leitner, vulgo *Unterer Tschlatscher* in Ebene Reichenau. Er müsste in Kürze hier eintreffen, beziehungsweise von den Kollegen von der Polizeiinspektion Patergassen hergebracht werden."

„Hervorragend, gute Arbeit, Silvio, wie bekomme ich die Unterlagen, per E-Mail, oder kann ich online zugreifen?"

„Natürlich, das LKA hat bereits eine Datenfreigabe für dich veranlasst, also, du hast freie Fahrt auf der Datenautobahn!"

„Danke, das erleichtert mir meine Arbeit, dann schauen wir einmal nach draußen!"

Als de Monte mit Schwung aus der Hüttentür trat, musste er plötzlich stehen bleiben, sonst wäre er frontal gegen einen jagdlich gekleideten Mann gestoßen.

„Um Gott's willen, jetzt hab ich mich erschreckt, entschuldige, aber ich sollte in die Hütte gehen und den Herrn vom L … vom L …"

„Vom LKA, meinen Sie, den Herr Oberdorfer, ja, der ist drin, ich begleite Sie!" Das konnte nur der Zeuge sein, also blieb de Monte gleich dabei.

„Grüß Gott, Mathias Leitner, vulgo *Unterer Tschlatscher* …"

„Ja, das weiß ich schon, aus Ebene Reichenau. Also, Herr Tschlatscher … äh … Herr Leitner, die Umstände sind ja bekannt, da haben Sie Ihre Aussage bereits gemacht, aber was können Sie uns zu diesem Foto sagen, also zu diesem Herrn Vilko?"

„Ja, das war der Bruder von der Eva, ein netter Kerl, aber mit dem Josef hat er sich nicht so gut verstanden, oder eher der Josef mit ihm nicht, oder einfach beide nicht, oder so!"

Oberdorfer und de Monte blickten sich vielsagend an, vielleicht hatten sie da schon eine heiße Spur entdeckt.

„Was meinen Sie mit nicht so gut verstanden, gab es da Streit, was können Sie uns dazu sagen?“ Silvio Oberdorfer klopfte auf das Bild an der Wand.

„Naja, der Josef, also der Sepp, war nicht immer so ganz nett zu seiner Eva. Also ganz schlecht auch nicht, aber eben nicht immer ganz nett, wenn Sie verstehen, was ich meine.“

„Nein, verstehen wir nicht“, sagte jetzt de Monte, „hat er sie hintergangen, geschlagen, betrogen, was denn genau?“

„Ja, genau kann ich Ihnen da gar nichts sagen, aber irgendwie scheint der Vilko auf den Sepp nicht gut zu sprechen gewesen sein. Mir ist das bei den wenigen Malen, als ich mit beiden zusammentraf, vorgekommen, wie wenn ihm nicht nur der Ton von Sepp seiner Frau gegenüber nicht passte, sondern er ihn auch persönlich nicht ausstehen konnte. Da war auch oft die Rede davon, was sich denn der Sepp nicht alles leisten konnte, und dass der Vilko auch gerne so eine schöne Jagd mit Hütte hätte.“

„Danke, Herr Leitner, das reicht schon einmal für den Anfang, wie können wir Sie erreichen?“, fragte de Monte.

„Der Kontakt steht im Akt, Festnetz und Mobilnummer, alles da!“ Silvio Oberdorfer dankte dem Zeugen und begleitete ihn nach draußen.

„Grauslich, der arme Sepp!“ Hias Leitner hielt kurz auf der Terrasse inne, wo er seinen Nachbarn blutüberströmt gefunden hatte. „Und was wird jetzt aus dem Jokl?“

„Die Beamten haben ihn ins Tierheim gebracht, dort bleibt er jetzt einmal“, sagte Oberdorfer. „er ist ja schließlich auch so etwas wie ein Zeuge, auch wenn er nicht reden kann.“

„Und wenn ich ihn einfach zu mir nehme, der kommt ja um in dem Tierheim, ohne Sepp und ohne Wald?“

„Das wäre möglich, Herr Leitner, lassen Sie uns noch einige Details klären, dann melden wir uns bei Ihnen!"

„Danke, Herr Inspektor, Sie können auch gerne bei mir zu Hause vorbeischauen, ist ein schöner Hof, der *Untere Tschlatscher*, und eine gute Jause haben wir auch!"

„Ja, danke, Herr Leitner, wie gesagt, wir melden uns!" De Monte beendete damit die Tatortbegehung mit dem Zeugen offiziell und übergab ihn an die Beamten aus Patergassen zum Heimtransport. Dabei musste er ständig an die Jause denken und schnitt in Gedanken schon ein Stück vom herrlichen „Gurktaler Luftgeselchten", den er vor einigen Jahren als regionale Spezialität kennengelernt hatte, ab. Ob Mathias Leitner dann auch ein Stamperl vom *Hausgebrennten* anbieten wird?

9.

Es war ein schöner Morgen in den Weinbergen des Collio. Fast zu schön, denn bald werden am Nachmittag wieder hie und da Gewitter aufziehen, und dann beginnt die Sorge um eine gute Ernte praktisch täglich aufs Neue.

Marco Furlan war schon früh aufgestanden. Je älter er wurde, desto leichter fiel ihm das, obwohl er seinem Vater nie geglaubt hatte, der, als Marco noch ein Jugendlicher war, ihn ständig mehrmals aufwecken musste, wenn es galt, möglichst früh im Weingarten zu sein. Ach, wie konnte er ihn nun verstehen und würde sich jetzt so gerne mit ihm unterhalten, aber Marcos Vater war nicht mehr da. Nach einem heftigen Schlaganfall, den er zwar überlebte, saß er nur mehr vor dem Haus, sah den Vögeln zu, wie sie von den Reben, die er im kleinen Garten bei der Mauer gesetzt hatte, Trauben stibitzten, trank seinen Hauswein, und wollte am liebsten allein gelassen werden, weil ihm das Sprechen auch so schwerfiel. Keine vier Monate später, er saß wieder einmal vor dem Haus, ereilte ihn ein weiterer Schlaganfall, zwei Tage später verstarb er in der Klinik in Görz.

Marco versuchte, die traurigen Gedanken wegzudrücken, es gelang ihm aber nicht wirklich. Also musste er sich mit Arbeit ablenken. Er startete den Weinbergtraktor, heute musste er in jenem Bereich, wo sich der *Friulano* schon so gut entwickelte, dringend das Gras mähen, denn das war schneller gewachsen, als er erwartet hatte.

„Dieser Weingarten gehört mir, mir ganz allein", freute sich Marco immer, wenn er hierherkam, denn er hatte die zwei Hektar in bester DOC-Lage noch zu Lebzeiten seines Vaters gekauft. „Achthunderttausend Euro ist der Weingarten heute wert." Marco hatte damals noch in österreichischen Schilling bezahlt, in bar, weil sich damals noch niemand dafür interessierte, wo das Geld herkam. Und heute erzielt er mit seinem Wein Spitzenpreise, muss nicht an die Winzergenossenschaft liefern, sondern verkauft selbst ab Hof.

Allzu lange wollte er nicht auf dem Traktor unterwegs sein, denn heute erwartete er noch eine kleine Abordnung von Gastronomen, die an seinem Wein interessiert waren. Und Wein verkaufen, das konnte Marco. Egal, ob es nun ein Merlot oder ein Cabernet Franc aus den Weingärten seines Vaters waren, die jetzt ja auch ihm gehörten – er sagte dazu gerne *Hauswein* oder noch besser *Handelsware* – oder sein Spitzenprodukt aus der DOC-Collio-Lage, Marco konnte den Wein so beschreiben, dass – ausgenommen natürlich echte Experten, doch von denen gab es weniger als vermutet – auch der einfachste Tropfen den Gästen beinahe als Spitzenprodukt erschien. „Man muss halt glaubwürdig sagen, dass der Wein hervorragend schmeckt, dann spürt das auch der Gast so."

Ganz in Gedanken versunken fuhr Marco Furlan durch den großen Torbogen in den Hof seines Weingutes. Vor Kurzem hatte er den gesamten Platz neu und mit ordentlichem Schotter einebnen lassen. Die beiden Hügel zur Mauer hin hatten ihn schon in der Jugend gestört, doch der Vater wollte von einem ebenen Hof nichts wissen. Marco stellte den Traktor an seinen Platz, reinigen werde er ihn am Nachmittag oder einfach morgen wieder damit losfahren, denn das Putzen war nicht so seine Sache. Auf das Umziehen verzichtete er, weil die Gäste kamen ja erst um 17 Uhr, bis dahin hatte er noch genügend Zeit, sich herzurichten.

„*Ciao, amore* – hallo, mein Liebster!", tönte es aus einem Fenster im ersten Stock des steinernen Hauses. Marcos Gattin Chiara winkte ihrem Mann zu und lächelte, wie es der Winzer so gerne sah.

„Ich bin bald bei dir, mein Herz, aber zuerst muss ich noch die Weine für die Verkostung herrichten, du weißt ja, um fünf Uhr kommen die Wirte aus Kärnten, das wird sicher super!"

Immer, wenn er die schwere Tür öffnete, freute sich Marco schon auf seinen Weinkeller, da lebte er so richtig auf. Vorbei an unzähligen Korbflaschen ging er in den hinteren Bereich, wo die Fässer lagerten. Beinahe musste er beim Anblick der Korbflaschen ein wenig schmunzeln. „Das waren noch Zeiten", dachte sich Marco, „aber die sind ja zum Glück vorbei, ein für alle Mal, genau!"

Womit sollte heute bloß die Verkostung beginnen, mit einem *Hauswein* und dann steigern, zuerst Rotwein, dann Weißwein? Natürlich beginnt man mit Weißwein, das wusste Marco wohl, und entschied sich für die klassische Variante. So, zuerst der Sauvignon Blanc oder der Collio Bianco – auf diese Cuvée aus Friulano, Pinot Grigio und Chardonnay war Marco besonders stolz – oder vielleicht den sortenreinen Chardonnay? „Ja, meine Herrschaften, man sagt auch in deutscher Sprache *die Cuvée*, denn das Wort kommt aus dem Französischen, bedeutet wörtlich übersetzt *Fass*, wird aber nun im übertragenen Sinn als Bezeichnung für einen Verschnitt verschiedener Weine verwendet, also, *die Cuvée*! Diese Erklärung musste er fast immer geben, aber das störte ihn gar nicht mehr und irgendwie gab es ihm das Gefühl, den Gästen sogar einen sprachlichen Mehrwert geboten zu haben. Und trotzdem beantwortete das jetzt nicht die Frage, mit welchem Wein er beginnen sollte, doch Marco fand, wenn es so weit war, sicher wieder die beste Lösung, das wusste er aus langjähriger Erfahrung.

„Und dann gehe ich mit Ihnen noch zu den Fässern ganz hinten und dort probieren wir die Rotweine", Marco ging den Ablauf einer wichtigen Verkostung gerne im Detail durch.

Ein seltsames Geräusch ließ ihn aus seinen Überlegungen aufschrecken. Es hatte so geklungen, als wäre etwas umgefallen oder umgestoßen worden, ein Schemel oder was auch immer.

„*Nerina* – du kleine, schwarze Katze, hast du dich schon wieder in den Weinkeller geschlichen, weil wieder einer unserer Mitarbeiter die Tür nicht geschlossen hat", ärgerte sich Marco, aber gegen die entspannte bis gleichgültige Haltung seiner Arbeiter konnte er rein gar nichts ausrichten. Und weil im Moment in der Region genug Arbeit vorhanden war und beinahe alle Winzer zusätzliche Kräfte suchten, konnte er auch keinen Druck in Richtung Rauswurf ausüben. Also blieb ihm nur, die Situation zu akzeptieren, und das ärgerte Marco immer wieder.

Er drehte sich um und ging nach vorne, wieder vorbei bei den Korbflaschen, zur Tür. Jetzt musste er aber schmunzeln, denn die Tür stand ein wenig offen, zumindest so weit, dass es *Nerina* in den Keller geschafft hätte. Innerlich entschuldigte sich Marco bei seinen Mitarbeitern, hatte er jetzt doch offensichtlich selbst vergessen, die Tür zu schließen. Nun tat er es aber und kehrte dann wieder zurück zu den Fässern im hinteren Bereich.

Cabernet Franc war auf dem Schild, das an einer feinen Metallkette am Probierhahn des Edelstahlfasses hing, zu lesen. Das war Marcos Favorit, und mit diesem Tropfen wollte und wird er auch die Gäste davon überzeugen, dass es auch gute Rotweine aus dem Collio-Gebiet gab. Um ganz sicher zu gehen, öffnete er den Probierhahn und ließ ein wenig Wein in ein schönes Rotweinglas fließen. Wie er das liebte, so hatte er es nicht nur gelernt, so kam es bei ihm einfach aus dem Inneren heraus. Allein die Erinnerung, wie sein Vater mit seinen Freunden in ganz einfachen Gläsern den *Hauswein* hinuntergespült hatten, ließ ihn noch heute beinahe erschauern. Der *Franc* – diese Abkürzung verwendete er nur selten – explodierte förmlich am Gaumen und hielt auch im Abgang durchaus stand, was man von derselben Sorte einiger Mitbewerber nicht behaupten konnte.

Marco hielt das Glas hoch und betrachtete, wie der Wein an der Innenseite in Schlieren herunterfloss. „Ja, genau so muss es sein, *perfetto* – perfekt!“

Dass sich im Hintergrund jemand genähert hatte, bemerkte Marco vor lauter Konzentration auf den edlen Tropfen gar nicht. Erst der Schatten, der sich über den nassen Betonboden bewegte, ließ ihn aufschrecken. Marco drehte sich um, erschrak abermals, und das so heftig, dass ihm sogar das Weinglas aus der Hand fiel. Dieser Schrecken hatte aber einen Grund, denn die Gestalt war zwar im Halbdunkel, ihre rechte Hand aber im Licht und die hielt eine Pistole, welche wiederum auf Marco gerichtet war.

„*Dio mio* – Oh mein Gott!“

Seine Worte klangen gepresst, ein wenig angekratzt sogar, obwohl der Wein ja der Stimme zuträglich sein sollte. Noch nie hatte Marco in die Mündung einer Waffe geblickt, er selbst lehnte Waffen sogar ab, wollte auch nie Jäger werden, wie es sein Vater war. Als die Person nun vollständig ins Licht trat, entspannte er sich aber sofort.

„Jetzt hast du mir aber einen Schrecken eingejagt, was soll denn das?“, sagte er merklich erleichtert, nachdem er den unangekündigten Gast erkannt hatte, und bückte sich gleich, um die Scherben des Weinglases aufzuheben. Das hätte er besser nicht tun sollen, denn nun entwickelte sich die Situation beinahe zur Hinrichtung. Es ging ganz schnell: Marco griff nach den Scherben, die Person trat nach vorne zu ihm, hielt ihm die Pistole an den Nacken und drückte ab. Der Schalldämpfer der M57 reduzierte den Knall deutlich, im Weinkeller war es aber trotzdem noch ein deutlich hörbares Wummern und die Wirkung des Projektils war enorm. Marco erstarrte – der Geist hatte ihn längst verlassen – und sein Körper kippte wie in Zeitlupe nach vorne.

Der Mörder brauchte sich nicht vom Tod des Winzers zu überzeugen, drehte sich um und verschwand in das Halbdunkel des hinteren Weinkellerbereichs. Dort verließ er durch die Seitentür, durch die er schon vorher unbemerkt hereingekommen war, den Tatort.

10.

Die Wohnung im Hochhaus an der Celovška Cesta in Ljubljana war zweckmäßig, aber alles andere als gemütlich. Da war das amerikanische Fastfood-Restaurant auf der gegenüberliegenden Straßenseite der einzige Lichtblick in der noch immer ein wenig postsozialistisch anmutenden Gegend in der Hauptstadt Sloweniens. Janez Novak öffnete wie an jedem Morgen seinen Kühlschrank, goss Milch aus dem Tetrapak in seine Kaffeetasse, nahm den Becher mit Frischkäse heraus und setzte sich an den Tisch in der Küche. Die Sonne schien herein, doch selbst das bereitete Janez nicht die Freude, wie es die morgendlichen Strahlen hätten tun sollen. Irgendwie nervte ihn alles, obwohl er ja mit seinem aktuellen Projekt kurz vor dem Durchbruch stand. *Schmugglerbande im Alpen-Adria-Raum: Das sind die Köpfe*, Janez sah schon die Schlagzeile auf der Titelseite des Magazins *Resnica* – Wahrheit. Reich wird er damit nicht werden, aber seinen Sinn für Gerechtigkeit durchsetzen, das hat sich Janez Novak vorgenommen.

Letztlich war ja fast alles einfach, denn recherchieren, das hatte er wirklich gelernt. Nicht aufgeben, wenn es kompliziert wurde, weiterarbeiten, kleinste Details zusammentragen, Querverbindungen herstellen, Schlüsse ziehen und letztlich daraus Ergebnisse formulieren. Janez ließ nicht lockern, wenn auch die letzten Wochen wirklich anstrengend waren. So anstrengend, dass ihm seine Freundin Nora endgültig den Laufpass gab. Nicht dass er es ohnehin erwartet hätte, aber den gemeinsam geplanten Urlaub in Dalmatien hätte sie ihm doch noch gönnen können. Er hätte ja alles gezahlt, denn der Vorschuss, den ihm der Chefredakteur aufgrund der Fakten, die er ihm präsentiert hatte, überweisen ließ, hätte dafür mehr als gereicht. Wie auch immer, Nora war weg, daher auch das verplante Urlaubsgeld noch da. Dalmatien läuft auch nicht davon, also suchte Janez das Positive und konnte sich nun vollkommen auf die letzten Puzzleteile seiner großen Geschichte konzentrieren. Sein Frühstück war ebenso kurz wie unbefriedigend, aber das kannte Janez ja schon, wusste aber, dass der Tag trotzdem erfolgreich werden konnte.

Das laute Klingeln seines Handys riss ihn aus seinen Gedanken. *Chef* stand da, und Janez wusste, dass er jetzt wieder Fantasie beweisen musste. „Guten Morgen, Novak, wann sind Sie jetzt endlich fertig mit Ihrer Top-Story, schön langsam drängt die Zeit und ich kann Sie nicht noch weitere Wochen in der Redaktion entbehren, jetzt ist Zeit zum Liefern, mein Bester!“

„Verstanden, Chef, es fehlt nicht mehr viel, aber dann wird es der ganz große Wurf!“

Dass er in Wahrheit den Namen der zentralen Figur der trilateralen Schmugglerband in Slowenien noch nicht präsentieren konnte, verschwieg Janez Novak, das hätte die Geduld seines Chefs wohl endgültig überstrapaziert.

„Ich sage nur so viel, es wird ein Erdbeben geben, ganz oben!“

Janez überlegte kurz und legte dann nach: „Also ganz oben in Wirtschaftskreisen, aber das reißt dann einige mit in den Verschwörungskrater!“

„Wenn ihre Zeilen bloß so scharfkantig wären wie ihre Worte, dann kann ich Ihnen jetzt schon eine Prämie zusagen, aber, wie bereits gesagt, liefern, dann sehen wir weiter, auf Wiederhören und geben Sie Gas"!

„Danke, Herr Chefredakteur!" Janez war hörbar erleichtert. „Ich bleibe dran, versprochen!"

Janez war während des Telefonats aufgestanden und mehr oder weniger nervös in der kleinen Küche, dem Vorzimmer und schließlich dem Wohnzimmer umhergegangen. Beim Telefonieren musste er sich einfach bewegen, anders konnte er keinen klaren Gedanken fassen. Das hatte Nora immer gestört, aber gut, jetzt war sie ja nicht mehr da und damit auch das Bewegungs-Telefonieren jederzeit möglich. Apropos Nora, das Foto, das auf der Kommode neben dem Fernseher stand – es zeigt die beiden am Strand von Poreč während ihres Sommerurlaubs im letzten Jahr –, nahm er jetzt, öffnete die oberste Schublade, wo er die Fernbedienungen aufbewahrte und legte das Foto samt Rahmen umgedreht hinein. Kaum hatte er es platziert, nahm er es auch schon wieder heraus, denn es war ihm klar geworden, dass er nun jedes Mal, wenn er eine der Fernbedienungen herausnahm, entweder das Foto sehen oder es im schlimmsten Fall sogar in die Hand nehmen werde. Also, zweite Lade auf, da waren ohnehin nur Sachen drin, die er so gut wie nie brauchte, wie etwa die Waffenbesitzkarte für seine Pistole oder auch sein kroatisches Küstenpatent, das er damals noch für ein paar Kilo Kaffee bester italienischer Qualität – oder war es doch eine österreichische Sorte? – „erworben" hatte. Da passte jetzt Nora auch ganz gut hinein. „*Adijo, ljubica* – und tschüss, Liebling!" Obwohl Janez dieses deutsche

Wort *tschüss* eigentlich gar nicht ausstehen konnte, hatte er es jetzt im Geiste schon wieder verwendet.

Janez drehte sich um und setzte sich zu seinem Schreibtisch, von dem jedes noch so kleine Eck mit Blättern, Zettel, Ausrissen aus Zeitungen, Prospekten und anderen Schriftstücken belegt war. Der Laptop war die einzige Konstante in diesem Wirrwarr an Papier und Informationen. Janez klappte den Computer auf und wusste, dass jetzt wieder das Warten beginnen werde. Der Laptop sah zwar bis auf wenige Gebrauchsspuren noch ganz gut aus, war aber technisch schon veraltet und, obwohl er gute Kontakte zur IT-Abteilung des Verlags hatte und auch pflegte, selbst das letzte große Update vor zwei Monaten hatte keine merkliche Verbesserung und schon gar keine Beschleunigung des Startvorgangs gebracht.

Janez nahm sein Handy, das er in die Hosentasche gesteckt hatte, und wollte einen raschen Rundumblick im Internet machen, als das Telefon schon wieder läutete. Diesmal war aber nicht der Chef dran, sondern er sah eine ihm unbekannte Telefonnummer am Display aufleuchten.

„Hallo?"

Janez meldete sich bei einer Nummer, die er nicht kannte, nie mit seinem Namen.

„Spreche ich mit Herrn Novak vom Magazin „*Resnica*"?

„Wer ist denn dran, der das wissen will?" Janez blieb reserviert.

„Ein Mann, der ihnen einiges erzählen kann über die Geschichte, die Sie gerade recherchieren, Herr Novak, und vor allem über die Schlüsselfigur bei uns!"

Janez Novak hielt kurz inne. Er war schon während des Läutens aufgestanden und schritt wieder die Wohnung ab, doch jetzt blieb er stehen.

„Wer sind Sie, wie heißen Sie, warum wollen Sie mir etwas sagen?“ Der Journalist war plötzlich aufgeregt und stellte die Fragen so schnell, dass die Person am anderen Ende der Leitung wahrscheinlich gar nicht alles verstanden hatte.

„Wollen Sie nun etwas wissen oder sind Sie gar nicht interessiert?“

Janez Novak hatte sich nach einer kurzen Schrecksekunde gleich wieder im Griff und antwortete jetzt um einiges langsamer.

„Wer auch immer Sie sind, ja, ich bin interessiert, sage Ihnen aber gleich, dass ich weder für Informationen bezahle noch mich erpressen lasse!“

„Glauben Sie mir, an Geld bin ich nicht interessiert, alles, was ich will, ist Gerechtigkeit. Er muss fallen, der uns über all die Jahre ausgenutzt, schlecht bezahlt und auch mies behandelt hat!“

„Gut, wenn Sie meinen, können wir uns treffen, denn ich glaube nicht, dass Sie mir die Informationen jetzt einfach so am Telefon geben werden?“

„Natürlich nicht, ich bin ja nicht lebensmüde! Kommen Sie morgen nach Mojstrana ins Bergsteigermuseum. Sie gehen die Treppe hinauf in den ersten Stock und gleich rechts. Dort sehen Sie das Modell des Triglav, ich denke, Sie kennen den höchsten Berg Ihrer Heimat! Links davon sehen Sie an der Wand ein Foto der Hütten auf der *Velika Planina* in den Steiner Alpen. Genau dort treffen wir uns, um punkt zehn Uhr.“

„Ich habe verstanden, und wer spricht jetzt?" Janez Novak hatte das letzte Wort noch nicht ausgesprochen, da hörte er schon, dass der Gesprächspartner aufgelegt hatte. Jetzt musste sich der Journalist einmal setzen und klare Gedanken fassen. War er nun dem Ende seiner Recherchen nahe, war das so oft zitierte *Licht am Horizont* echt oder lief er Gefahr, einem Schwindler Glauben zu schenken oder noch schlimmer, war er auf dem besten Weg, sich selbst in Gefahr zu bringen?

Fragen, die er nur beantworten konnte, wenn er es wagte, morgen in Mojstrana zu sein und vielleicht einen Meilenstein in seiner Karriere zu setzen. Janez Novak brauchte gar nicht lange für seine Entscheidung. Morgen, zehn Uhr, Bergsteigermuseum Mojstrana, *se vidimo* – wir sehen uns!

11.

„Guten Morgen – *Dobro jutro – Buongiorno*"! Heute war de Monte wieder einmal besonders förmlich. Bei seiner Begrüßung drehte er sich sogar zu den Kollegen in der jeweiligen Sprache. Das war bereits positiv aufgefallen, deshalb machte er es auch in unregelmäßigen Abständen, aber nicht, um zu gefallen, sondern aus Überzeugung, und vielleicht doch, um ein wenig Eindruck zu schinden.

„De Monte, guten Morgen, bitte zu mir ins Büro", tönte Chefinspektor Hausmann durch die geöffnete Tür.

De Monte brauchte nur ein paar Schritte bis dorthin, warf im Vorübergehen seine leichte Jacke über seinen Schreibtischsessel und war schon beim Chef.

„Guten Morgen, Chef!"

„Haben Sie ja schon gesagt, setzen Sie sich!"

De Monte nahm Platz, Hausmann kramte in Akten und blickte nur ganz kurz zum Kommissar auf.

„Also, jetzt geht Ihre erste Reise los. Der Turrach-Fall scheint in der Tat eine grenzüberschreitende Komponente zu haben. Kommandantin Gornik hat Maja Vrbinc bereits für uns freigestellt, sie wird um zehn Uhr hier eintreffen. Sie erwarten Sie vor dem Dienstgebäude und beginnen dann mit ihren Ermittlungen. Maurizio Trevestan wird auch noch dazustoßen, aber der ist ja nicht direkt betroffen, zumindest nach derzeitiger Lage."

„Verstanden, Chef, zehn Uhr Parkplatz, gibt es sonst noch Anweisungen?"

„Ja, sie gehen dann nicht mit der Kollegin auf einen Espresso, sondern beginnen sofort mit der Arbeit!“

„Natürlich, ich hatte auch nichts anderes vor!“ De Monte konnte das Schmunzeln kaum zurückhalten, denn diese Antwort konnte beides bedeuten, also sowohl Espresso als auch sofort beginnen.

„Genau, de Monte, das meinte ich ja eben, bis zehn Uhr können Sie ja schon einmal die Systeme befragen!“

„Jawohl, Systeme befragen!“ Der Kommissar hätte jetzt noch gerne „De Monte Ende!“ gesagt, aber das wagte er nun auf keinen Fall.

Als er an seinem Schreibtisch Platz nahm, kam gerade Matjaž, der Kollege aus Slowenien, der im Trilateralen Büro Experte für Dokumentenfälschungen zuständig war, vorbei.

„Und, *moj dragi prijatelj* – mein lieber Freund, hast du Maja von mir gegrüßt?“ Dabei zwinkerte er seinem Gegenüber vielsagend zu.

„Ja, natürlich habe deine Grüße übermittelt“, sagte de Monte, wohlwissend, dass er das total vergessen hatte. „Sie hat aber nicht besonders begeistert reagiert!“

„Ja, das kann ich mir denken, so sind sie halt, die Kolleginnen, wenn man sie nicht erhört!“ Matjaž machte noch eine typische Handbewegung und war schon weg, bevor de Monte noch darauf reagieren konnte.

Mittlerweile war sein Computer hochgefahren, am Bildschirm prangte das Logo des TPO. Da musste er sofort an seine Iris denken, die in dieser Situation täglich das Logo des FBI, des *Federal Bureau of Investigation*, sah, in Quantico, wo sie gerade eine Ausbildung an der FBI-Akademie absolvierte.

„Magst du auch einen Kaffee?“ Matjaž war plötzlich wieder da und riss de Monte aus seinen Gedanken.

„Ah, ja, bitte gerne, Matjaž, einen Espresso ohne allem!“

„Das heißt *ohne alles*, weil „ohne“ verlangt im Deutschen den vierten Fall, also *ohne alles*! Muss ich dir jetzt auch noch deine Sprache beibringen?“

Matjaž zwinkerte seinem Kollegen zu und lächelte de Monte an, aber nicht überheblich, sondern gewinnend, das funktionierte fast immer.

„Schau du lieber drauf, dass du keine gefälschten Dokumente übersiehst, weil sonst kannst du gleich zum Chef gehen, *mit alles*, verstanden?“

Die beiden lächelten nun einander zu und freuten sich über ihren sprachwissenschaftlichen Diskurs. De Monte tippte jetzt aber schnell seinen Benutzernamen und sein Passwort ein, um endlich zur Sache kommen zu können.

Da er keine Aktenzahl hatte, entschloss er sich, über den Namen des Opfers in den Akt zu kommen. Überraschenderweise gelang das auch sofort, denn offenbar gab es im gesamten Daten-Universum der Behörde keinen zweiten Fall mit einer Person namens Josef Jamnik. Nun denn, hinein in das Leben, das auf der Terrasse der Jagdhütte so plötzlich geendet hatte. Josef Jamnik, geboren 1950, Pensionist, ehemaliger Einkaufsleiter der *Gemeinschaft der Lebensmittelhändler Mittelkärnten*, wohnhaft in Pichlern, Gemeinde Himmelberg, verwitwet – Gattin Eva, geborene Horvat, vor zwei Jahren verstorben – keine Kinder. Aktiver Jäger, vier registrierte Waffen, ein eingetragener Jagdhund *Jokl*, Pächter einer Jagd auf der Turracher Höhe, das waren die wichtigsten Eckdaten. De Monte wusste vorerst einmal genug. Eine interessante Spur führte also zu Vilko Horvat, dem Bruder der verstorbenen Ehegattin, wohnhaft in Mojstrana, Gemeinde Kranjska Gora, Slowenien.

„Klare Sache, Vilko hasste seinen Schwager, auch nach dem Tod seiner Schwester, dazu der Neid, weil Josef sich so viel leisten konnte, das könnte schon ein Motiv sein. Aber warum gerade jetzt? Eva ist seit zwei Jahren tot, warum sollte er gerade jetzt auf die Turracher Höhe fahren und seinen Schwager mit einem Zapin erschlagen?", dachte de Monte und wusste, dass da noch viel zu tun war, wollte aber nicht gleich aufgrund der Tatsache, dass Jamniks Frau schon zwei Jahre tot war und daher ihr Ehegatte sie ja nicht mehr schlecht behandeln konnte, eben dieses mögliche Motiv wegdrücken. „Wachsam bleiben, alle Möglichkeiten ins Auge fassen, misstrauisch sein, sich aber nur auf Fakten stützen, Indizien sind zu wenig, um einen Täter zu überführen!" De Monte hörte förmlich noch seinen Ausbildner im Kriminalkurs, ja, das hatte er sich eingeprägt, und nicht umsonst auch einige bemerkenswerte Erfolge im LKA erzielt. Jetzt, im TPO, dem Trilateralen Polizeibüro, wird es noch einmal komplizierter, weil die internationale Komponente hinzukommt. Aber gerade diese Herausforderung war es, die de Monte dazu veranlasst hatte, sich für die Stelle in der neu geschaffenen TPO-Gruppe „Leib und Leben" zu bewerben.

„De Monte, es ist fünf vor zehn, Maja wird jeden Moment da sein, ab auf den Parkplatz!" Hausmann war das, was man als *i-Tüpferl-Reiter* bezeichnete. Und, was die Zeit betrifft, lautet außerdem sein Motto: „Pünktlich ist schon zu spät!"

„Schon unterwegs, Chef" De Monte klappte noch schnell den Laptop zu – es musste ja nicht gleich jeder sehen, was er gerade recherchierte – und eilte hinunter auf den Parkplatz. Ein kurzer Rundumblick gab ihm die Gewissheit, dass Maja noch nicht eingetroffen war.

„*Valentino*, guten Morgen, magst du meine Kaffee nicht mehr?“ Laura winkte ihm von der Terrasse zu. Noch war dort nicht viel los, und ein wenig frisch war es auch trotz der Sonne, die heute wieder einmal vom wolkenlosen Himmel lachte.

„Aber natürlich, Laura, ich muss jetzt nur arbeiten, am Nachmittag schaue ich dann vorbei, versprochen!“ Er wollte Laura ohnehin sogar einmal zum Essen einladen, aber bisher war noch nie die Gelegenheit, sich einmal mit ihr zu unterhalten. Und wie er sein Schicksal kannte, würde dann ohnehin genau in diesem Moment Iris anrufen. Noch bevor er dazu weitere Gedanken spinnen konnte, preschte ein Fahrzeug mit slowenischem Kennzeichen auf den Parkplatz. Ein Cabrio, dunkelblau metallic, geöffnetes Verdeck, Maja mit Kopftuch, das war eine Szene wie aus einem Agentenfilm der 1960er-Jahre. Ihr Auto kam gerade einmal knapp fünfzig Zentimeter vor de Monte zu stehen. Beinahe wäre er weggesprungen, aber die Situation hatte ihn so gefesselt, dass seine Beine wie gelähmt waren, und sein Geist offenbar auch.

„*Dobro jutro, Volti* – guten Morgen, Valentin, *tutto bene*, alles gut?“ Maja glich mit dieser Alpen-Adria-Begrüßung gleich alles aus. Auch de Monte hatte sich bereits wieder gefasst und ging um das Auto herum, öffnete die Fahrertür und machte eine Handbewegung, die ein Willkommen oder auch ein kleines Zeichen des Tadels bedeuten konnte.

„Was würdest du als Polizistin so einer Fahrerin wie dir nach dieser Aktion sagen?“ De Monte ließ am

Gesichtsausdruck erkennen, dass er die Frage natürlich nicht ganz ernst meinte.

„Wo haben Sie trainiert? Dort will ich auch hin, das würde ich sagen“, erwiderte Maja, zog sich das Kopftuch nach hinten herunter und schüttelte die offenen Haare auf. De Monte musste sich bemühen, dass sein Unterkiefer dabei nicht nach unten klappte, sah aber auch, dass sich der Vorhang im Chefbüro bewegte, die Szene also nicht unbeobachtet blieb.

„Herzlich willkommen in Thörl-Maglern, darf ich dich nun ins Trilaterale Büro begleiten, wir sollen nämlich gleich mit der Arbeit beginnen!“

„Oh, schade, ich dachte, du lädst mich zuerst auf einen Kaffee ein, aber, ich merke schon, hier herrscht die Gründlichkeit, von der ich schon gehört habe.“

Maja stieg aus, nahm ihre Tasche und ging mit ihm zum Bürogebäude.

„Guten Tag, dober dan, buona giornata.“ Maja las das Schild neben der Tür vor. „Genau, so mag ich das, alles international, alles TPO, Volti, jetzt gehen wir es an!“

De Monte betrat mit Maja das Büro und wollte gerade dazu ansetzen, die neue Kollegin den Anwesenden vorzustellen. Dazu kam er aber nicht, denn schon tönte es aus dem Chefbüro: „Bitte gleich zu mir, alle beide!“

So viel Anstand hatte Hausmann dann schon, dass er sich von seinem Schreibtischstuhl, den er praktisch acht Stunden täglich – meist verbrachte er sogar die Mittagspause im Büro – bis auf wenige Momente im wahrsten Sinn des Wortes besetzt hielt, erhob und der neuen Kollegin aus Slowenien zwei Schritte entgegenkam.

„Herzlich willkommen bei uns, ich bin Chefinspektor Hausmann, der Kommandant im TPO! Waren oder sind Sie Rennfahrerin?"

„*Dober dan, poveljnik* – guten Tag, Herr Kommandant! Nein, Rennfahrerin bin ich nicht, aber ich war Mitglied in der Einsatzeinheit und habe den Bewerb im taktischen Fahren mehrmals gewonnen, auch letztes Jahr, beim internationalen Wettkampf in Udine, von Ihrer Einheit war da niemand dabei!"

„Äh, ja, wir sind auch keine Rennfahrer, aber wir machen Tempo beim Ermitteln. Also, dann beginnen Sie mit Kommissar de Monte, wir brauchen rasche Ergebnisse", erwiderte Hausmann.

„Zuerst möchte ich Sie nochmals von meiner Kommandantin Katja Gornik grüßen, Sie mögen sich bitte möglichst bald noch einmal melden, oder sie besuchen sie in Bled, das würde sie auch freuen!"

Maja hatte jetzt einen ganz anderen Ton angeschlagen, denn sie wusste einfach, wie sie mit ihrer Stimmlage einen Mann wie Hausmann positiv beeinflussen konnte.

Der Chefinspektor zog sogar ein wenig Farbe im Gesicht auf. „Ja, danke, Frau Kollegin, ich habe verstanden, schauen wir einmal, Grüße zurück jedenfalls."

Maja lächelte ihn freundlich an, drehte sich um und verließ das Büro so schnell, dass de Monte kaum den Anschluss fand.

„Meine Herrschaften, darf ich vorstellen, Maja Vrbinc, unsere neue Kollegin in der Gruppe *Leib und Leben*!"

„Willkommen, *Pozdravljem*, *Benvenuto*!" Die Kollegenschaft begrüßte Maja freundlich, und Matjaž ließ es sich nicht nehmen, die Freundlichkeit noch mit einer

Umarmung zu unterstreichen. De Monte war das gar nicht recht, deshalb schnappte er sich derweil einen Stuhl von einem unbesetzten Arbeitsplatz, stellte ihn neben den seinen und forderte Maja auf, Platz zu nehmen.

„Nun, Maja, welche Informationen hast du schon, was den Fall Jamnik betrifft?“

„Josef Jamnik, geboren 1950, Pensionist, wohnhaft in Pichlern, Gemeinde Himmelberg, ehemaliger Einkaufsleiter der ‚Gemeinschaft der Lebensmittelhändler Mittelkärnten‘, verwitwet …“

„Danke, das genügt!“, De Monte war erstaunt und ein wenig beleidigt zugleich, wollte er doch gleich einmal Maja mit der Abfragemaske am Laptop des TPO beeindrucken. „Wie bist du zu diesen Informationen gekommen, die wir nur hier auf unseren Dienstgeräten abrufen können?“

„Ganz einfach, *Volti*, euer Chef hat diesen Teil der Ermittlungen an meine Kommandantin geschickt und sie hat sie mir ausgedruckt.“

Das war die erste digitale Niederlage für Valentin De Monte, doch er nahm es sportlich und redete sich schnell ein, dass es ja auch Zeit und Arbeit erspart, wenn sie schon auf demselben Wissenstand sind.

„Wie beurteilst du die Geschichte vom Bruder der verstorbenen Gattin des Opfers?“

„*Počasi, prijatelj* – langsam, mein Freund!“ Maja konnte dem letzten Satz de Montes nicht folgen. „Welche Geschichte von wem jetzt?“

„Also, du weißt ja, Josef Jamnik hat ja seine Frau schlecht behandelt und ihrem Bruder, Vilko Horvat, hat das gar nicht gepasst und er war angeblich auch eifersüchtig auf seinen Schwager, der offenbar viel Geld hatte, sonst hätte er sich ja die Jagd auf der Turracher Höhe gar nicht leisten können."

„Ja, das könnte durchaus wirklich ein Motiv sein, aber erst zwei Jahre nach dem Tod der Schwester, klingt fast ein wenig zu dünn. Weißt du was, Valentin, wir fahren einfach nach Mojstrana und befragen Vilko Horvat dazu."

„Genauso machen wir das, aber nicht mit deinem Cabrio, wir nehmen eines unserer Dienstfahrzeuge." De Monte hatte noch nicht ausgeredet, da läuteten sein Diensthandy und das private Mobiltelefon beinahe gleichzeitig.

„Es ist Maurizio, kannst du einmal abheben?" De Monte reichte Maja das Telefon, während er auf sein privates Handy blickte und sah, dass Iris dran war. Er stand auf und ging in Richtung Kopierer, um dort ungestört telefonieren zu können.

„Telefon von Valentin de Monte, Maja Vrbinc am Apparat!" Es folgte kurze Stille. „Hallo, Maurizio Trevestan, warum sprechen Sie nicht mit mir?"

„Äh, bitte um Entschuldigung, ich bin etwas verwirrt, ich wollte de Monte sprechen und jetzt …"

„Dann lernen wir uns halt übers Telefon kennen, heute schient das ja beinahe üblich zu sein." Maja war der Situation jedenfalls wesentlich besser gewachsen als ihr italienischer TPO-Kollege, den sie ja persönlich noch gar nicht kannte. „Was soll ich jetzt ausrichten?"

„Ach ja, genau, können Sie bitte Valentin de Monte sagen, er soll mich so rasch wie möglich anrufen, es geht um einen Mord in Cormòns und, wie es scheint, gibt es da eine Verbindung zum Mordfall auf der Turracher Höhe."

„Das ist aber interessant, dann betrifft es auch mich, denn von der Turracher Höhe gibt es auch eine Verbindung nach Slowenien. Sagen Sie mir gleich, was los ist, dann geht es schneller!“

„Kurz gesagt, Valentin soll nach Cormòns kommen, also, ihr beide sollt herkommen, wenn der Fall nun auch Sie betrifft. Wir haben also zwei Leichen und drei zuständige Länder, das kann ja noch spannend werden! Treffpunkt ist in Cormòns beim Winzer Marco Furlan, er ist das Opfer!“

„Danke, verstanden, wir beeilen uns!“

Während Maja das Gespräch mit Maurizio Trevestan beendete, hatte de Monte mit Iris gerade die üblichen Begrüßungsfloskeln gewechselt und wusste nun, dass es ihr gut geht und der Kurs sehr interessant ist.

„Was lernt ihr denn aktuell?“ De Monte war unter Druck, denn er hatte bemerkt, dass Maja gerade das Gespräch mit Maurizio beendete, wollte dringend wissen, worum es denn ging, aber auch nicht unhöflich zu Iris sein, die ja nicht wissen konnte, dass es im TPO unerwartet rund ging.

„Ich sage dir, das ist unglaublich, welche technischen Möglichkeiten hier zur Verfügung stehen. Wir erfahren gerade, was am Sektor Bildbearbeitung unter Einsatz von künstlicher Intelligenz möglich ist. Da haben sie uns ein ziemlich unscharfes Foto einer Überwachungskamera gegeben, und unter Einsatz der neuen Technik war es möglich, zwei Personen, die gerade aus einem Gebäude traten – es waren zwei Bankräuber – so glasklar darzustellen, dass die Identifizierung über die Verbrecher-Datenbank binnen kürzester Zeit möglich war. Ich sag dir, Liebster, so etwas hast du noch nie gesehen, da arbeiten wir zu Hause mit sehr bescheidenen Mitteln!“

„Gewaltig, ich freue mich schon, wenn du mir dann alle Details erzählen wirst. Aber jetzt, mein Herz, muss ich mich verabschieden, wir haben einen aktuellen Mordfall, der mich sehr beschäftigt!"

„Natürlich, mach deine Arbeit, ich liebe dich, bis bald!" Iris legte sofort auf, sodass de Monte die Liebesbezeugung gar nicht erwidern konnte. Rasch ging er zu seinem Arbeitsplatz zurück, wo Maja schon am Computer tippte.

„Cormòns, in eineinhalb Stunden sind wir dort, wir müssen uns beeilen!" Maja hatte ein Navigationsprogramm geöffnet und las das Ergebnis vor.

„Cormòns, was sollen wir dort, Maja", fragte de Monte sichtlich verwirrt, war doch vor wenigen Minuten noch der slowenische Ort Mojstrana ihr Ziel gewesen.

„Maurizio hat angerufen, es gibt einen Mord in Cormons, und der steht offenbar in Verbindung zu unserem Fall auf der Turracher Höhe!" Maja sah den sichtlich verwirrten de Monte freundlich an und machte diese typische Handbewegung, die zur Eile mahnte.

„Wir müssen aber noch Hausmann informieren, unbedingt!" De Monte wollte schon in Richtung Chefbüro gehen, da hielt ihn Maja zurück.

„Lass das mich machen, ich möchte ja auch wahrgenommen werden!"

Sie klopfte an den Türstock, weil die Tür ja immer offenstand.

„Ja bitte, was gibt's?"

Chefinspektor Hausmann erschrak ein wenig, als er Maja Vrbinc sah und nahm sozusagen sitzend Haltung an.

„Herr Chefinspektor, Maurizio Trevestan hat sich gemeldet, er ermittelt in einem Mordfall in Cormòns, und da gibt es plötzlich eine Verbindung zu unserem Fall auf der Turracher Höhe, der wiederum eine Verbindung zu Slowenien hat."

Chefinspektor Hausmann runzelte die Stirn, denn das waren für ihn zu viele Informationen in zu kurzer Zeit, zwei Leichen, drei Länder, zu viel für den Moment. Trotzdem antwortete er rasch.

„Alles klar, Kollegin Vrbinc, das übernehmen wir! De Monte soll ein Dienstfahrzeug für Sie beide nehmen, fahren Sie nach Cormòns!"

„Danke, Chef, verstanden, wir werden dann umgehend berichten!" Maja drehte sich um, ohne eine Antwort des Chefinspektors abzuwarten, und ging zurück zum immer noch etwas verwunderten de Monte.

„Wir sollen ein Dienstfahrzeug nehmen und den Auftrag ausführen!"

„Welchen Auftrag?", fragte de Monte mit einem etwas sarkastischen Unterton. „Maurizio kann uns keinen Auftrag erteilen, maximal um Unterstützung ersuchen, so schaut das aus!"

„Aber *Volti*, was meinst du denn, natürlich hat er um Unterstützung ersucht, zum Auftrag ist das erst beim Chef geworden, und dem willst du ja wohl nicht widersprechen, oder?"

Maja hatte das *Spiel der Kräfte* im Trilateralen Büro schon durchschaut und damit de Monte ganz schön verwundert. Die beiden stellten die Stühle zurecht, Maja klappte den Laptop zu und de Monte nahm den Schlüssel für das dunkelblaue Dienstfahrzeug – an das hatte er sich nun schon gewöhnt – aus dem Kasten und wollte schon hinausgehen, als es aus dem Chefbüro tönte: „Das Dienstbuch, de Monte, wie oft soll ich Ihnen das noch sagen?“

Maja rettete mit einem freundlichen Handzeichen, einer Mischung aus *Daumen nach oben* und einem angedeuteten Gruß, die Situation und schon waren die beiden Ermittler unterwegs.

12.

„Meine sehr verehrten Damen und Herren, hier ist noch einmal ihr Reiseleiter. In wenigen Minuten erreichen wir unser nächstes Ziel, den Hof des Winzers Furlan in Cormòns. Über diese Weingegend habe ich Ihnen ja bereits bei der Vorstellung unserer Reiseroute erzählt. Es gibt also eine starke Verbindung zu Österreich, zur Habsburgermonarchie und damit auch zu ihrer Heimat Kärnten. Heute dominiert hier der Weinbau. Das Gebiet nennt sich *Collio Goriziano*, also die Hügel um Görz, und umfasst eine Rebfläche von etwa 1.500 Hektar."

Die Gäste im modernen Reisebus aus Kärnten nickten sich erfreut zu, wohlwissend, dass sie nun eine interessante Verkostung erwartete. Der Reiseleiter gab noch ein paar weitere Informationen: „Es gibt hier auch eine Winzergenossenschaft, die *Cantina Produttori Cormòns*, die besteht aus gut 120 Mitgliedern, die knapp vierhundert Hektar Rebfläche bewirtschaften. Besonders bekannt ist der *Vino della Pace*, der Friedenswein, der aus den Trauben von Reben aus aller Welt, die in einem eigenen Weingarten hier wachsen, vereint wird. Vielleicht haben Sie ja schon davon gehört. Wenn Sie jetzt nach links blicken, fahren wir gerade an der Winzergenossenschaft vorbei, und da sehen Sie auch den Weingarten für den Friedenswein. Unser Ziel liegt aber noch etwas weiter, wir besuchen den Winzer Marco Furlan. Er gehört nicht der Genossenschaft an, sondern vermarktet seine Weine selbst und das sehr erfolgreich."

Es dauerte nicht lang und der Bus bog in die schmale Zufahrt zum Hof ein. Durch das Tor schaffte er es aufgrund der Höhe nicht, also mussten die Gäste davor aussteigen. Die Stimmung war gut, hatten die Gastronomen aus Kärnten doch den Tag schon mit einem guten Frühstück im Kanaltal begonnen, mit Schinken und Käse, wie es sich für einen langen Tag mit vielen Erlebnissen und Informationen gehört.

Der Reiseleiter ging voran, denn er war ja schon oft bei Marco Furlan gewesen und kam immer wieder gerne hierher, denn erstens waren die Gäste immer zufrieden und zweitens bekam er für die gekauften Flaschen einen schönen Anteil, da war Marco großzügiger als andere Winzer und vor allem die Genossenschaft, die zwar günstige Preise bot, aber auch nur einen bescheidenen Anteil für die Reiseleitung übrighatte.

Der erfahrene Begleiter war ein wenig verwundert, denn normalerweise erwartete Marco Furlan seine Gäste immer im Hof, um dort kurz die Geschichte seiner Familie zu erzählen und dann mit der Gruppe weiter in den Weinkeller zu gehen.

Der Reiseleiter ließ sich nichts anmerken, erzählte kurz jene Geschichte, die normalerweise Marco präsentierte, schaute sich währenddessen immer wieder nach Marco um und beschloss dann, da auch Marcos Gattin Chiara nirgendwo zu sehen war, einfach in den Weinkeller zu gehen.

Die schwere Tür war zum Glück nicht versperrt und so betrat die kleine Experten-Gruppe den kühlen Keller. Das Licht war eingeschaltet, also vermutete der Reiseleiter, dass

Marco gerade beim Herrichten der Verkostung war, denn sie waren auch ein wenig früher dran als vereinbart.

„Entschuldigen Sie, wo ist hier die Toilette, es wäre dringend“, wendete sich eine Dame höflich an den Reiseleiter.

„Gehe Sie bitte einfach nach hinten, gleich neben dem Hinterausgang ist eine Tür, da finden Sie das WC!“

Die Dame überholte schnellen Schrittes einige Reiseteilnehmer und gelangte so in den hinteren Bereich des Weinkellers. Der Reiseleiter blieb kurz stehen und erklärte noch etwas zu den vielen Korbflaschen, die im vorderen Bereich standen. Bevor der Wein die heutige Qualität erreicht hatte und dann hauptsächlich in Flaschen abgefüllt wurde, füllte man den sogenannten *Hauswein* gerne in diese Korbflaschen in verschiedenster Größe ab. „Die waren dann leichter zu transportieren, auch auf Wegen, wo man vielleicht nicht so gerne gesehen wurde“, zwinkerte er den Gästen zu und bemerkte, dass nur wenige diese Andeutung verstanden. Ein älterer Herr in der Gruppe zwinkerte seinem Nebenmann zu und zeigte ihm die gekreuzten Handgelenke, was soviel wie Verhaftung bedeutete. Die Mehrheit der anwesenden Gastronomen schien zu jung zu sein, um die Andeutung auf die *Lieferung über die grüne Grenze* zu verstehen. Kein Wunder, war doch jetzt, im Umfeld der Europäischen Union und der offenen Grenzen so etwas nur mehr vom Hörensagen bekannt.

Ein kurzer, lauter Schrei ließ die Gäste plötzlich innehalten und aufhorchen. Der Reiseleiter murmelte etwas wie „Bitte warten Sie kurz!“ und eilte nach hinten. Der Anblick war furchtbar. Da stand die Dame, die dringend ein WC gesucht hatte, erstarrt und mit nach oben gerissenen Händen. Vor ihr lag ein Mann seitlich am Boden, in gebückter

Haltung und mit weit aufgerissenen Augen. Rund um ihn herum ein kleiner, dunkler See, im Nacken eine kleine, kreisrunde Wunde. Woraus der See, der sich im Bereich des Oberkörpers ausgebreitet hatte, bestand, wollten wahrscheinlich weder die geschockte Dame noch der plötzlich vollkommen überforderte Reiseleiter wissen. Er hatte aber sofort erkannt, dass es sich bei der Person nur um Marco Furlan, den Winzer, handeln konnte.

„Was ist da los, brauchen Sie Hilfe, ist da was passiert?" Die Gruppe hatte natürlich nicht gewartet, sondern war nach hinten gefolgt.

„Um Himmels willen, ein Toter, Hilfe, ein Verbrechen, hinaus, hinaus, wir werden alle sterben!" Die Situation drohte zu eskalieren, wäre da nicht einer der Mitreisenden, er war zu Hause auch Feuerwehrkommandant, so geistesgegenwärtig gewesen und hätte nicht mit dem lauten „Stop!" für einen kurzen Moment für Ruhe gesorgt. Mittlerweile hatte sich auch der Reiseleiter gefasst, drehte sich um und forderte die Gruppe zum sofortigen Verlassen des Weinkellers auf. Die Dame, die den Toten gefunden hatte, musste er kurz mit einem Arm umfassen und sanft in Richtung Ausgang drücken, war sie doch noch immer beinahe zur sprichwörtlichen *Salzsäule* erstarrt.

Mit zitternden Fingern zog der Reiseleiter sein Telefon aus der Hosentasche und wählte die Notrufnummer der Polizei. In diesem Moment kam Chiara, Marco Furlans Gattin, aus dem Wohngebäude auf ihn zu. „*Ciao, Paolo*, was ist los, warum kommt ihr wieder heraus, wieso seid ihr so nervös?" Chiara schien schon zu ahnen, dass da etwas nicht stimmte.

„Chiara, bitte reg dich jetzt nicht auf!" Der Reiseleiter wollte sie beruhigen, aber einige Mitreisende zerstörten seinen Plan.

„Tot, er ist tot, ich habe es genau gesehen, oh, wie schrecklich, was für eine Katastrophe!"

Jetzt war einfach nichts mehr zu retten, wäre da nicht der Feuerwehrkommandant gewesen. Er erkannte sofort die Brisanz der Situation und, bevor alles eskalierte, trat er vor, nahm Paolo das Telefon aus der Hand – er hatte bereits die Notrufnummer gewählt –, sagte dem Reiseleiter, er solle sich um Chiara kümmern und ging dann einige Schritte von der Gruppe weg.

„*Buongiorno* – guten Tag, sprechen Sie deutsch?" Nachdem der Beamte in der Notrufzentrale offenbar eine positive Antwort gegeben hatte, erklärte ihm der Gastronom in wenigen Worten die Sachlage und fragte auch schnell, was die Gruppe aus Kärnten nun tun sollte.

„Bleiben Sie, wo Sie sind, berühren Sie bitte nichts, wir kommen sofort und es wird auch ein Verbindungsbeamter vom Trilateralen Polizeibüro alarmiert, der die Befragung Ihrer Gruppe übernehmen wird.

„Dankeschön, ich habe verstanden, wir warten!"

13.

Gerade einmal 45 Minuten dauerte die Fahrt von Laibach über Kranj und Jesenice nach Mojstrana. Janez Novak war erfreut und skeptisch zugleich, daher versuchte er, seine Erwartungen nicht allzu hoch zu schrauben. „Vielleicht ist das aber der große Durchbruch und ich habe endlich meine Aufdeckergeschichte und kann vielleicht sogar mit einer Prämie rechnen." Von einem Lob seines Chefredakteurs wagte er nicht einmal zu träumen, doch das war ihm mittlerweile egal, denn er spekulierte ja schon mit einem Absprung vom Magazin *Wahrheit* hin zu einem viel größeren Mitbewerber, der sicher auch besser zahlte. Vor lauter Gedanken hätte Novak beinahe die Autobahn-Abfahrt *Jesenice-zahod* – Jesenice-West versäumt und wäre damit in Richtung Karwankentunnel und Staatsgrenze gefahren. Gerade noch rechtzeitig beendete er ein Überholmanöver und steuerte sein Auto mit etwas überhöhter Geschwindigkeit auf die Verzögerungsspur der Abfahrt. Das Hupen eines Fahrzeuges, das er dabei so geschnitten hatte, dass der Lenker einen Zusammenstoß nur durch eine Vollbremsung verhindern konnte, ignorierte Janez einfach und auch das eindeutige Handzeichen, das er aus dem Augenwinkel heraus gerade noch erkennen konnte, war ihm irgendwie egal. „Heute mache ich den entscheidenden Schritt, heute erreiche ich den Gipfel meiner Arbeit", dachte sich Janez und musste schmunzeln, passte doch der Treffpunkt mit dem

Informanten beim Modell des Triglav, des höchsten Berges Sloweniens, perfekt zu diesem Gedanken.

Ein paar Kilometer noch, dann folgte er dem Schild *Slovenski planinski muzej*, slowenisches Bergsteigermuseum, und kam bald an seinem Ziel an. Für zehn Uhr war der Treffpunkt vereinbart, jetzt war es erst 09:40 Uhr, denn Janez hatte natürlich einen Zeitpolster einberechnet. „Man weiß ja nie, wie sich die Verkehrssituation entwickelt und welche Ausfahrt man gerade verpasst", dachte er sich und war jetzt geradezu gut gelaunt. Noch einmal ging er alle Möglichkeiten durch, verknüpfte noch einmal die Ergebnisse seiner Recherche und zog, wie in letzter Zeit so oft, den Schluss, dass nur mehr dieser eine Stein fehlte, der Schlussstein sozusagen, der zwar die Konstruktion eines Gewölbes vollendete, in seinem Fall aber jener sein sollte, der gezogen wurde und damit das gesamte Gewölbe zum Einsturz bringen werde. Ins Gefängnis wird dafür wohl niemand mehr gehen müssen, zu lange ist das bestens organisierte Schmuggeln über die drei Grenzen hinweg schon her. Aber irgendetwas werde er mit dem Aufdecken der Verbindungen und vor allem dem Nennen der Namen schon erreichen, und wenn es nur die Blamage war, die die Herren, denn es handelte sich, zumindest nach derzeitigem Stand, nur um Männer, über sich ergehen lassen werden müssen. Janez Novak hatte aufgrund seiner vielen Gedanken beinahe die Zeit übersehen, fünf vor zehn war es schon, jetzt musste er sich beeilen.

Es war ein schöner Tag in den Bergen, sonnig, aber nicht heiß, gerade recht für eine Wanderung oder gar leichte Klettertour, aber Janez hatte heute etwas anderes vor. Ein Parkticket, das wusste er bereits, musste er nicht lösen oder vielmehr die Park-App auf seinem Handy bemühen, denn, so stand es auf dem Schild, für zahlende Besucher ist das Parken inkludiert. „Das ist doch das Mindeste, denn immerhin kostet der Eintritt für das Museum zehn Euro“, dachte sich Janez Novak. Als Journalist hätte er sogar eine Freikarte bekommen, entschied sich jedoch, beruflich anonym zu bleiben, das passte ihm in dieser Situation viel besser. Die Dame an der Rezeption war freundlich, erklärte ihm noch, wie er über eine spezielle Webseite zum Audioguide für die Sammlung kommen könnte, und gab ihm dann die gedruckte Eintrittskarte, die er in die, durch einen Klettverschluss leicht zugängliche und doch geschlossene, Außentasche seiner Hose steckte. Ohne es zu wollen, hatte er heute sogar eine seiner Outdoorhosen angezogen, die er sonst auch zum Wandern und leichten Klettern verwendete. War es ein Zufall oder doch bewusst unbewusst gewählt? Janez ging mit schnellen Schritten die Stiege hinauf, es war exakt zehn Uhr, als er oben ankam. Vier weitere Schritte nach vorne und dann einige weitere nach rechts und schon stand er beim Modell des höchsten Berges Sloweniens. Über den Triglav hinweg sah er schon das große Foto von den Berghütten auf der Velika Planina. Einige Menschen gingen durch die Sammlung, einige hielten ihr Mobiltelefon beim Ohr und lauschten dem Audioguide, niemand schien sich aber für Janez zu interessieren. „Er wird mich zuerst wohl beobachten und dann erst Kontakt aufnehmen“, dachte sich Janez und tat so, wie wenn er sich für die Sammlung interessieren würde. Das waren jetzt genau jene Momente, in denen Sekunden zu Minuten und Minuten zu Stunden werden können. „Nur nichts anmerken lassen, den Museumsbesucher mimen, aufmerksam bleiben, aber unauffällig!" Janez versuchte, sich zu beruhigen, indem er noch einmal seine Erkenntnisse durchging. In Wahrheit hatte er ja schon so viel zusammengetragen, dass er schon jetzt eine Geschichte über die *Alpen-Adria-Schmugglerbande* schreiben könnte, aber der entscheidende Faktor fehlte ihm eben noch. Die Schlüsselfigur in nächster Nähe, jene Person, die aus einer Achse ein Dreieck machen würde, oder vielmehr wird, denn es war ganz sicher ein Dreieck, drei Länder, drei Köpfe, ein Dreieck, fertig. Gut, den ehemaligen Einkaufsleiter in Kärnten konnte er damit weder blamieren noch ihm vielleicht sogar einen Schaden zufügen, denn, das hatte er schon in Erfahrung bringen können, er war tot, erschlagen bei seiner Jagdhütte auf der Turracher Höhe, die Janez Novak allerdings nur als Touristenziel aus dem Internet kannte. „Geschieht ihm recht, dem falschen Hund, der hat sicher viel Geld auf die Seite gebracht als Kopf der Schmugglerbande und sicher hat nie jemand vermutet, in welche dunklen Geschäfte er verstrickt ist oder vielmehr war!" Janez ertappte sich selbst bei Gedanken, die ihm gar nicht geheuer waren. „Was, wenn jemand auf die Idee kam, er wäre selbst der Mörder von Josef Jamnik?" Der Journalist kam schnell wieder auf den Boden der Tatsachen zurück, denn erstens könnte er ja mit ruhigem Gewissen aussagen, dass er es auf keinen Fall war und zweitens erweckte jetzt ein Besucher seine Aufmerksamkeit und brachte ihn damit weg von den Mordgedanken. Ein adrett gekleideter Herr, wahrscheinlich bereits im Ruhestand, mit Hut und einer etwas zu eng sitzenden Jacke ging langsam von einem Exponat zu anderen und näherte sich von links dem Foto, das die Hütten auf der Velika Planina zeigte.

Janez hielt kurz inne und wartete. „Das muss er sein, der hat mich sicher schon längst entdeckt und erwartet jetzt, dass ich auf ihn zugehe“, dachte Janez, entschied sich aber sofort, nichts zu überstürzen. „*Lepo počasi* – schön langsam!“ Er trat nach einer Verschnaufpause von hinten an den Mann heran und versuchte es zuerst mit einer Art Parole: „Suchen Sie auch ‚die Wahrheit‘? Wenn er ihm, dem Redakteur des Magazin *Resnica* – Wahrheit, den entscheidenden Hinweis geben wollte, dann musste er das verstehen.

„Entschuldigen Sie, was soll ich hier suchen, die Wahrheit, worüber, über die ‚Velika Planina‘?“ Der ältere Herr zeigte mit der linken Hand auf das Foto, seine etwas zu enge Jacke spannte jetzt erst recht, sodass er den Arm gleich wieder herunternahm.

„Nein, wohl eher jene für meine Geschichte in der Wahrheit, *Resnica* – die Wahrheit, das Magazin!“ Janez gab die Hoffnung nicht auf.

„Es tut mir leid, aber da kann ich Ihnen nicht helfen, ich wünsche Ihnen einen guten Tag!“ Der Museumsbesucher drehte sich weg, schaute sich noch das Modell des Triglav an und verschwand dann um die Ecke.

Zurück blieb ein ziemlich verwirrter Janez Novak, der für einen kurzen Moment die Welt nicht verstand. Jetzt war er pünktlich, oder zumindest fast pünktlich zum vereinbarten Treffpunkt gekommen, und alles, was das gebracht hatte, war das Zusammentreffen mit einem vermeintlichen Informanten, der sich letztlich als ganz normaler Museumsbesucher herausstellte und seinerseits wahrscheinlich auch für einen kurzen Moment die Welt nicht wirklich verstanden hatte.

Janez entschied sich, den Ort der Enttäuschung zu verlassen. Er schaute sich nochmals im großen Ausstellungsraum um, konnte keinen potenziellen Informanten ausmachen und ging dann, wesentlich langsamer als bei seiner Ankunft, die Stiege hinunter zum Ausgang. Jede männliche Person, die ihm begegnete, unterzog er einer visuellen *Informanten-Kontrolle*, versuchte sogar, Blickkontakte herzustellen, bekam aber, bis auf einige wenige Grußzeichen, keine weiteren Hinweise auf den Wunsch einer Kontaktaufnahme.

„Da bin ich doch glatt einem Schwindler aufgesessen, doch woher hat der bloß gewusst, was mir in meiner Geschichte noch fehlt, oder warum hat er überhaupt gewusst, dass ich dieses Thema verfolge?" Zur Neugier mischte sich schnell eine Portion Sorge, trotzdem entschied sich Janez, dranzubleiben. Mittlerweile war er schon am Parkplatz bei seinem Auto angekommen, zog das Handy aus der Hosentasche und suchte nach der Nummer, unter der ihn der vermeintliche Informant kontaktiert hatte. Noch bevor er diese wählen konnte, er hatte sich bereits gut überlegt, was er dem unverlässlichen Typen sagen werde, läutete sein Handy. *Anonym*, war auf dem Display zu lesen, für Janez normalerweise ein Impuls, nicht abzuheben, aber diesmal war die Neugier nun doch zu groß.

„Hallo", Janez meldete sich wie immer anonym, und erwartete, dass die Gegenstelle nun eventuell auflegen werde, doch da lag er falsch.

„Guten Tag, Herr Novak, bleiben Sie einfach stehen, Sie haben mich scheinbar nicht gefunden?"

„Sie sind ja lustig, ich war rechtzeitig am vereinbarten Ort und Sie waren nicht da, so schaut das aus, was soll das?"

Die Stimme am anderen Ende verstummte kurz, was die Stimmung von Janez noch mehr verschlechterte.

„Glauben Sie, ich fahre einfach gerne so durch die Gegend, kaufe mir ein Ticket für das Museum, warte dann am vereinbarten Ort, und alles, was ich erleben darf, ist ein Gespräch mit einem Museumsbesucher, den ich vollkommen verwirrt habe, wollen Sie mir jetzt weiter meine Zeit stehlen oder haben Sie noch etwas, das mich interessieren könnte?" Janez war richtiggehend aufgebracht und unterstrich seine Stimmung noch mit rudernden Handbewegungen.

„Jetzt fuchteln Sie nicht so herum, Herr Novak, beruhigen Sie sich, das tut Ihnen ja gar nicht gut!"

Janez Novak beruhigte sich sogar schlagartig, denn in diesem Moment war ihm klar, dass er beobachtet wurde. Rasch blickte er um sich, konnte aber niemanden mit einem Mobiltelefon am Ohr ausmachen. Hätte er gewusst, dass der Mann am anderen Ende der Leitung in dem Campingfahrzeug mit den dunklen Scheiben, das keine zwanzig Meter von ihm entfernt geparkt war, saß, er hätte die Situation sehr rasch klären können.

„So, genug jetzt, haben Sie mir etwas zu sagen oder belassen wir es dann dabei?"

„Natürlich habe ich Ihnen etwas zu sagen, Herr Novak, viel Interessantes sogar, aber ich musste einfach sicher gehen, dass Sie auch allein kommen, und nicht in Begleitung irgendwelcher Beamter oder Sicherheitsleute oder gar Schmuggler von damals. Ich denke, Sie verstehen mich!"

Janez Novak wurde jetzt die Brisanz seiner Recherchen noch viel klarer, obwohl er mit solchen Annahmen nicht gerechnet hatte.

„Gut, dann packen Sie aus, Sie sind ja offenbar eh in meiner Nähe, was wollen Sie mir sagen?"

„Immer mit der Ruhe, so einfach wollen wir es uns nicht machen. Wir vereinbaren jetzt einen weiteren Treffpunkt, und dort sage ich Ihnen dann alles, einverstanden?

„Gut, in Ordnung", raunzte Novak, wohlwissend, dass er ohnenhin keine andere Wahl hatte. „Wann und wo?"

„Morgen, um 16 Uhr 30 im Casino in Bled. Nehmen an jenem Spielautomaten Platz, der die vielen Kirschensymbole zeigt und erwarten Sie mich dort. Und vergessen Sie nicht, ein wenig Spielkapital einzuwerfen, sagen wir einmal zweitausend Euro, das reicht für den Anfang!"

Janez Novak wollte gleich antworten, es hatte ihm aber zuerst die Stimme verschlagen. „Zweitausend Euro, sind Sie verrückt, was soll ich mit so viel Geld im Automaten?"

„Beruhigen Sie sich wieder, das ist ja nur das Zeichen, dass Sie wirklich interessiert sind! Und vergessen Sie nicht, Sie könnten damit ja auch den Jackpot ziehen und sind dann vielleicht ein reicher Mann. Also dann, auf nach Bled!"

„Gut, morgen um 16 Uhr 30, ich werde da sein und Sie hoffentlich auch!" Janez Novak klang jetzt überzeugter als zuvor, hatte aber auch innerlich ein wenig kapituliert. Was blieb ihm schon übrig, und mit dem Chefredakteur im Nacken fiel die Entscheidung dann doch leichter. Der Mann am anderen Ende der Leitung hatte bereits aufgelegt, also konnte er auf die Verabschiedung, die ohnehin nicht allzu freundlich ausgefallen wäre, verzichten. Novak öffnete die Tür seines Wagens, stieg ein und brauste davon in Richtung Ljubljana.

14.

Diesmal hatte es der „*Capo*“, der Chef, wieder einmal übertrieben. Dem alten Transportfahrzeug sah man an, dass es überladen war. Die Ladefläche, die mit einer Plane blickdicht geschlossen war, ächzte förmlich unter dem Gewicht der Korbflaschen, die in zwei Etage aufgestapelt waren. Eine solche Anordnung gelang nur einem wirklichen Experten. Dass das ein Knochenjob war, konnte man erahnen, wenn man jemals eine solche Flasche, die immerhin 28 Liter Wein fasste, aufgehoben hatte. Korbflasche war ein wenig übertrieben, denn damals, in den 1980er-Jahren, waren nur mehr wenige der alten Exemplare übrig. Die Mehrzahl der Gebinde auf der Ladefläche hatte bereits eine Plastikummantelung. Das war dem „Capo“ aber herzlich egal, denn es zählte nur der Inhalt und der, alle sagten dazu *Hauswein*, war bares Geld wert.

Ein junger Mann in dunkler Kleidung näherte sich dem Fahrzeug, griff zielsicher in den linken hinteren Radkasten, wo auf dem Reifen der Startschlüssel lag, öffnete die Fahrertür, die nie zugesperrt war und deren Schloss gar nicht funktionierte und startete den Wagen. Es war bereits dunkel und der kleine Umkehrplatz an der Gemeindestraße zwischen Cormòns und Buttrio der ideale Ort für die Übernahme der *heißen Ware*. Der Auftrag war ebenso klar wie delikat. Der Fahrer musste auf Straßen abseits der Hauptwege ins Kanaltal fahren und dort, in Bagni die Lusnizza, ganz hinten, wo der Weg an der Schwefelquelle vorbeiführt und eine Schleife macht, den Kollegen aus Kärnten erwarten. Dieser brachte die Gegenfuhr, es wurde umgeladen und dann das Fahrzeug mit dem Leergebinde wieder auf dem Umkehrplatz nach Buttrio abgestellt.

Funktionieren konnte das nur unter ganz besonderen Umständen, denn offiziell hatte der Kleintransporter aus Kärnten dann Schwefelwasser für einen Verein namens *Trinkkultur* geladen, so stand es zumindest auf den Papieren und in der Tat war in drei Korbflaschen, die ganz am Rand standen, auch Schwefelwasser aus Bagni die Lusnizza drin. Das roch so stark und unangenehm, dass die Zöllner gar nicht mehr sehen und vor allem riechen wollten und deshalb die Abfertigung kein Problem war. Ganz bewusst wurde in der Nacht umgeladen, dann wartete der Fahrer und passierte in den frühen Morgenstunden, kurz vor dem Dienstwechsel der Zöllner, die Grenze. Da machten die Beamten keine Schwierigkeiten, wollten sie doch auch nach dem Nachtdienst möglichst bald nach Hause kommen.

Wieder einmal klappte die Aktion wie am Schnürchen und die 25 Korbflaschen, also gut 700 Liter *Hauswein* aus dem Collio – am Bestimmungsort wird er dann *Rosso di Collio Orientale* heißen und ein Vielfaches vom Einkaufspreis kosten – waren wenige Stunden später in Kärnten angekommen.

„Hallo, die Ware ist wie vereinbart angekommen", sagte die Stimme am Telefon, und Josef Jamnik nickte daraufhin zustimmend, wie wenn er dem Anrufer seine Zufriedenheit auch körperlich ausdrücken wollte.

„Gut, das Geld finden Sie am üblichen Ort, danke!" Wie immer verstellte er seine Stimme leicht, denn jedes Mal hatte er auch ein wenig Sorge, aufzufliegen. Das wäre wohl die größte Niederlage für ihn, den Einkaufsleiter der *Gemeinschaft der Lebensmittelhändler Mittelkärnten* gewesen, von den strafrechtlichen Folgen ganz zu schweigen. Aber solange alle zusammenhielten und das System, dass letztlich nur ganz wenige eingeweiht waren, und er selbst sich niemanden zu erkennen gab, ja sogar in Verkleidungen das Bargeld für die Fahrer immer alleine an die vereinbarten Orte brachte, allen Versuchungen, noch mehr Schmuggelware unterzubringen, standhielt, da konnte nach seinem Ermessen einfach gar nichts passieren. Der Erfolg gab ihm recht, das System funktionierte, und die Abnehmer waren mit dem Wein, den sie trotz der Spanne für Jamnik und seine *Mitarbeiter* günstig bekamen und wesentlich teurer weiterverkauften, zufrieden. Jene, die für das *Frisieren* der Wareneingangsbücher zuständig waren, bekamen auch ihren Teil ab, und so drehte sich das Karussell munter weiter.

Josef Jamnik war am Höhepunkt seiner Karriere und auch seines finanziellen *Nebenerwerbs* angekommen. Bald werde er das Geld für die Jagd auf der Turracher Höhe beisammenhaben, wo er dann in Ruhe den Lebensabend mit seiner geliebten Eva verbringen wollte. Und Vilko, diesen blöden Schwager, würde er auch noch in den Griff bekommen. Wenn der ahnen würde, dass er, der Gatte seiner Schwester Eva, der Kopf der Schmugglerbande auf Kärntner Seite war, das wäre nicht gut ausgegangen. Aber Josef Jamnik fühlte sich sicher, ein wenig zu sicher vielleicht, aber nach menschlichem Ermessen gab es keine Möglichkeit für Vilko, ihm auf die Spur zu kommen. Dass Vilko mehr wusste, als es Josef nur andeutungsweise vermutete, konnte er damals natürlich nicht wissen.

Aber er musste Vilko bei Laune halten, organisierte der doch die Schmugglertouren von Slowenien nach Kärnten. Und den Kaffee aus Italien übernahm er auch mit seinen Burschen an der grünen Grenze. Wer letztlich der Kaffeelieferant war, wusste Josef Jamnik gar nicht. Er hätte einfach Marco Furlan bei einem ihrer seltenen, aber doch regelmäßigen Treffen auf höchster Ebene fragen können. Das tat er aber nicht, denn er wollte gar nicht alle Informationen. Es erleichterte sein Gewissen und war auch eine Absicherung der Kollegen, sollte einmal zumindest ein Teil der Organisation auffliegen.

Vilko Horvat war ein guter Mann, organisatorisch geradezu einzigartig, und er schaffte es immer wieder, die sogenannten *Träger* nicht nur bei Laune zu halten, sondern auch zu gewährleisten, dass sie nicht zu Verrätern wurden. Wie er das machte, war Jamnik ein Rätsel. Er vermutete aber, dass Vilkos Taktik eine gute Mischung aus Bezahlung und auch dem nötigen Druck war. Dabei dürften ihm seine Erfahrungen bei der UDBA, der jugoslawischen Geheimpolizei, geholfen haben. Dass er dieser Organisation angehörte, wusste in seinem Umfeld niemand, und das war auch gut so, denn sonst wäre Vilko schon lange erpresst und im schlimmsten Fall verraten worden. Dazu kam noch, dass Jamnik auch nicht Kenntnis davon hatte, ob Vilko überhaupt jemals aktiv an Lieferungen beteiligt war. Ein ausgeklügeltes System also, auf dessen Basis das *Geschäft*, wie Jamnik die Schmuggelaktionen oft nannte, bestens lief, und so sollte es auch bleiben.

15.

Irgendwie hatte de Monte das Gefühl, sie hätten besser zur Befragung von Vilko Horvat nach Mojstrana fahren sollen, doch ihm war klar, dass der Anruf von Maurizio Priorität hatte. Außerdem schien jetzt ein Dreieck zu entstehen, und genau das war die Aufgabe des TPO, des Trilateralen Polizeibüros. Und weiters formierte sich damit nun endgültig das Team der Gruppe *Leib und Leben*.

„Volti, fährst du nicht ein wenig zu schnell, du weißt, dass das Tutor-System auf der Autobahn bis Udine immer aktiv ist, aber du wirst schon wissen, was du tust!" Maja wollte ihren Kollegen nicht belehren, hatte aber bereits selbst Erfahrung mit dem System, das die Durchschnittsgeschwindigkeit von Fahrzeugen misst und so Überschreitungen der Höchstgeschwindigkeit auf Autobahnabschnitten erkennt, gemacht und eine ordentliche Strafe kassiert, als sie einmal mit ihrem Cabrio in Richtung italienische Adria gebrettert war.

De Monte nahm den Rat an und reduzierte die Geschwindigkeit des Dienstfahrzeugens deutlich. Nicht auszudenken, wenn auf dem Schreibtisch von Chefinspektor Hausmann eine Radarstrafe aus Italien landete. Die Schimpftirade wollte sich der Kommissar gar nicht vorstellen. Also, Tempo 130 war auch in Ordnung, und ließ sie sorgenfrei ans Ziel kommen.

Bei *Udine Süd* fuhren sie von der Autobahn ab. Gerne hätte de Monte für eine kurze Kaffeepause an der Raststation

Zugliano Ovest, die direkt an der Abfahrt lag, Halt gemacht, ein Blick auf die Uhr sagte ihm aber, dass das keine gute Idee war. Oder sollte er Maja einfach fragen, ob sie nach den Ermittlungen in Cormons Lust auf ein gemeinsames Abendessen hätte? Dabei erinnerte er sich gleich an das romantische Wochenende mit Iris in Buttrio, gerade einmal eine Viertelstunde entfernt von Cormòns. Die Trattoria in dem schlossartigen Gebäude mit dem schönen Park war ihm von einem Kollegen empfohlen worden. Als er dann mit großer Freude ein Fiorentina-Steak bestellte, und Iris das Gesicht verzog, weil sie davon nicht so begeistert war wie er, machte Valentin trotzdem gute Miene und bestellte zum Ausgleich als Vorspeise zwei gefüllte Zucchiniblüten, eine Spezialität des Hauses. Der kräftige Pinot Grigio aus dem Weinkeller der Gastgeber – die 14 Prozent hatte er Iris verschwiegen – ließ die Zweifel seiner Partnerin rasch schwinden. Beim dritten Glas lächelte sie Valentin schon verschmitzt an, und das Fiorentina-Steak war dann doch deutlich köstlicher, als sie es anfangs erwartet hatte. Dazu wählte de Monte einen Cabernet Franc, ebenfalls aus dem hauseigenen Weinkeller. Beim abschließenden Grappa – auf eine Nachspeise hatte Iris dankend verzichtet – dem obligaten Espresso und einem letzten Schluck vom Cabernet Franc war dann die Welt einfach schön, und die Übernachtung im Schlosshotel, wie Iris von da an dazu sagte, auch.

Valentin de Monte war noch ganz in Gedanken versunken, als er und Maja kurze Zeit später an ihrem Ziel ankamen.

„Guten Morgen, Volti, du hast jetzt wohl ein wenig geträumt, ist alles in Ordnung?“, fragte Maja und brachte de Monte wieder auf den Boden der Tatsachen.

„Alles gut, ich bin nur ein wenig hungrig und habe an ein Essen gedacht, aber jetzt kümmern wir uns einmal um unsere Arbeit!“

Der Reisebus mit österreichischem Kennzeichen hatte sich so dicht an den Straßenrand des Weges zum Weingut gestellt, dass de Monte mit dem Dienstfahrzeug gerade vorbeikam und auf den geschotterten Platz einfahren konnte.

Die kleine Reisegruppe aus Kärnten hielt sich dort an verschiedenen Plätzen auf. Einige standen zusammen im Schatten eines Laubbaumes und unterhielten sich angeregt. Ein paar weitere Gäste hatten auf der Sitzgarnitur, wo Marco Furlan in der Früh noch seinen Kaffee getrunken hatte, Platz genommen und drei weitere Personen standen einzeln herum, ein Mann telefonierte angeregt, eine Frau starrte unentwegt in Richtung Weinkeller und erweckte den Anschein, dass ihr die Anwesenheit des uniformierten Polizisten, der schräg hinter ihr stand, zutiefst zuwider war.

De Monte parkte das Auto gleich nach der Einfahrt links an die Steinmauer, wo eine alte, hölzerne Weinpresse und zwei große Korbflaschen an die Anfänge des Weinbaus der Familie Furlan erinnerten. Ein schneller Rundblick, und schon hatte er Maurizio erblickt, der in seine Richtung winkte, den Blick aber nicht auf ihn, sondern auf Maja, die auch bereits ausgestiegen war, gerichtet hatte. Auf sie ging der Kollege aus Italien auch zu, begrüßte sie herzlich, stellte sich kurz vor, und wartete, bis de Monte um das Auto herumgegangen und sich neben Maja positioniert hatte.

„Ciao, Valentino, *ora siamo uniti* – jetzt sind wir vereint!"

„Servus Maurizio, wie ist die Situation, gib uns bitte einen kurzen Bericht!"

De Monte hielt sich nicht mit Begrüßungsfloskeln auf, obwohl ihn Maja von der Seite ein wenig tadelnd ansah. Das war ihm jetzt egal, er wollte wissen, was Sache war und gleich mit den Ermittlungen oder vielmehr Befragungen beginnen.

„Also, das ist das Weingut von Marco Furlan, er ist im Weinkeller, ganz hinten bei den Fässern, erschossen aufgefunden worden. Entdeckt hat ihn eine Dame aus Kärnten, die mit dieser Reisegruppe, alle aus dem Bereich Gastronomie und Hotellerie, auf Studienreise im Friaul ist. Das Interessante daran ist aber, dass sie ihn nicht nur gefunden, sondern auch erkannt hat, und das ist die Verbindung zu dir, oder zu euch, bitte entschuldige, Maja, ich darf doch du sagen zu dir?" Maja nickte kurz zustimmend.

„Bitte mach weiter, Maurizio", beendete de Monte ungeduldig die persönliche Bemerkung.

„Ja, also, nach der Erstbefragung eines unserer Beamten der zuständigen Mordgruppe mit Deutschkenntnissen wurde ich vom Einsatzleiter hinzugezogen, weil es offenbar eine Verbindung gibt, die die Einbindung des TPO erfordert. So viel weiß ich bereits: Die Dame heißt Franziska Burger, betreibt mit ihrem Mann, der heute nicht hier ist, eine Pension mit angeschlossenem Restaurant am Faaker See in Kärnten, und behauptet, das Mordopfer zu kennen. Aber nicht nur das, sie sagt auch aus, dass er mindestens zweimal im Jahr in ihrem Haus zu Gast war, und zwar immer nur für eine Nacht. Dort, also in der Pension beziehungsweise im Restaurant, hat er, Marco Furlan, immer zwei weitere Herren getroffen, einer davon soll ein Kärntner, ein gewisser Josef Jamnik, gewesen sein. So, und da habe ich dann die Befragung unterbrochen und euch angerufen, weil ich den Fall Jamnik ja aus unserer letzten Dienstbesprechung im TPO kenne. Maja, du warst da noch nicht dabei, also, noch nicht anwesend, meine ich, aber mir war sofort klar, jetzt betrifft es uns alle drei."

De Monte und Maja waren den Ausführungen von Maurizio Trevestan aufmerksam gefolgt. Sie blickten sich an und sagten dann beinahe zeitgleich: „Wo ist nun diese Frau Burger?"

Wegen dieser fast zeitgleichen Reaktion mussten alle drei beinahe schmunzeln, verkniffen sich aber die Reaktion.

„Dort, die Dame, die allein neben dem uniformierten Beamten steht, das ist Franziska Burger!"

Die Zeugin war sichtlich nervös, wirkte auch ein wenig aufgebracht, daher fiel die Begrüßung knapp und beinahe unfreundlich aus, als Valentin de Monte und Maja sie ansprachen. Maurizio Trevestan unterhielt sich noch mit einem Kollegen der Spurensicherung und kam dann erst dazu.

„Grüß Gott, Frau Burger, ich bin Valentin de Monte vom Trilateralen Büro der Polizei in Thörl-Maglern, das ist meine Kollegin Maja Vrbinc aus Slowenien, die ebenfalls unserem Büro zugeteilt ist, wie auch Maurizio Trevestan, der bereits mit Ihnen gesprochen hat." De Monte beobachtete während der Begrüßung auch die weiteren Personen der Reisegruppe, die in der Umgebung standen. Einige unterhielten sich zurückhaltend, ein Mann und eine Frau blickten eher neugierig auf Maja, Frau Burger und ihn, sahen aber seinen prüfenden Blick und drehten sich gleich weg.

„Franziska Burger, ich habe nur die Toilette gesucht und plötzlich lag er vor mir am Boden, der Herr Furlan, schrecklich, einfach schrecklich, der arme Mann, erschossen in seinem Weinkeller, wer tut denn sowas?"

Frau Burger erhob ihre Hände und gestikulierte heftig, während sie erzählte, zuletzt hielt sie beide Hände vor das Gesicht, ihre Stimme drohte vor lauter Verzweiflung beinahe zu ersticken.

„Um das herauszufinden, sind wir hier, Frau Burger, vor allem, haben Sie irgendetwas oder vielmehr irgendwen gesehen, bevor sie den Toten gefunden haben?"

De Monte hatte schon seinen Notizblock gezückt, um sich Notizen zu machen. Irgendwie musste er seinem Chef doch recht geben, der zerknitterte Block war wirklich kein Aushängeschild, und er musste sich da etwas überlegen, um die äußere Erscheinung der Ermittlungsarbeit zu verbessern. Aus dem Augenwinkel sah er außerdem Majas Blick auf den Notizblock und wie sie dabei sichtbar die Nase rümpfte. Das ignorierte er momentan aber und sah Frau Burger erwartungsvoll an.

„Nein, gar nicht", antwortete die Zeugin. „Ich habe nur im Hintergrund unsere Gruppe und die Stimme des Reiseleiters gehört, gesehen habe ich auch nichts, da hinten war ja kaum Licht."

„Und dann haben Sie den Toten sofort erkannt, oder erst später?" Maja war einen halben Schritt vorgetreten, um ihrer Frage mehr Kraft zu verleihen.

„Nein, er lag ja seitlich und ganz gekrümmt und dann habe ich im Nacken diese blutige Stelle gesehen, so wie man es in Filmen oder leider oft in Kriegs-Dokumentationen sieht, da habe ich gewusst, der Mann ist tot, und dann habe ich aus Verzweiflung geschrien."

Franziska Burger schien gleich wieder am Ende ihrer Kräfte zu sein, daher entschied sich de Monte, die Befragung später und an einem anderen Ort weiterzuführen.

„Danke, Frau Burger, wir schauen uns jetzt kurz den Tatort an und führen dann unser Gespräch weiter."

Valentin de Monte winkte Maurizio Trevestan heran und bat ihn, die Witwe des Winzers zu fragen, ob denn die Zeugin nicht im Haus auf sie warten dürfte, was dieser gleich durchführte und Franziska Burger in einen der kühlen Räume des Steinhauses begleitete.

Der Weinkeller war im Eingangsbereich nach wie vor spärlich beleuchtet, weiter hinten sah man aber bereits den Schein der Ausleuchtung der Spurensicherer.

„Solche Korbflaschen haben wir auch manchmal zu Hause gehabt", sagte de Monte zu Maja, die seinen Satz zwar zu hören schien, ihm aber keine besondere Bedeutung zuwies, denn Antwort gab es keine. Sie blickte sich aufmerksam um, versuchte, Details zu erfassen und ging sogar etwas schneller als de Monte. Der wiederum machte gar nicht den Versuch, mit Maja Schritt zu halten, sondern machte sich seine eigenen Gedanken und Aufzeichnungen.

Im hinteren Teil des Weinkellers angekommen, grüßten die beiden kurz die Spurensicherer. Sie kannten die Kollegen nicht, da es ja ihr erster gemeinsamer Fall in Italien war. Weil aber das Sichern von Spuren internationalen

Standards folgt, war das Ergebnis jenem der jeweiligen Heimatkollegenschaft gleich oder zumindest sehr ähnlich.

Am Boden waren die Umrisse der Leiche eingezeichnet, Marco Furlan war bereits in die Gerichtsmedizin nach Udine gebracht worden. Der Bericht werde in Kürze vorliegen hatte Maurizio ihnen schon draußen gesagt. Ob das nun wirklich so wird, wagte de Monte zu bezweifeln, hatte sich dazu aber weder geäußert noch darüber mit Maja unter vier Augen gesprochen. Solche Bemerkungen würden nur das Vertrauensverhältnis stören und das war gerade am Beginn einer hoffentlich langen Zusammenarbeit geradezu Gift für die gegenseitige Akzeptanz.

„*Ho trovato qualcosa* – ich habe etwas gefunden", tönte es unter einem großen Edelstahltank heraus. Man sah nur die Beine, bekleidet mit dem typischen, weißen Overall der Spurensicherung, die sich zu bewegen begannen. Der Experte robbte heraus und hielt eine Metallhülse aus Messing zwischen Daumen und Zeigefinger der rechten Hand.

„Gratulation, Herr Kollege, das ist ein sehr wichtiger Fund", sagte de Monte, streifte sich hauchdünne Handschuhe über, von denen er immer mindestens ein Paar, oft sogar mehrere, dabeihatte, und öffnete einen kleinen Asservatenbeutel. So nennt man die Plastiktüten der Kriminaltechniker, auch die werden weltweit verwendet.

Maja trat an ihn heran und betrachtete die Patronenhülse aufmerksam. Vor allem interessierte sie sich für die Aufschrift rund um das Zündhütchen. Der Schlagbolzen hatte eine gut sichtbare Einkerbung hinterlassen.

„7,62 × 25 Tokarev, die Waffe stammt offenbar aus dem ehemaligen Jugoslawien, entweder eine russische TT-33 oder eher eine Zastava M57, da werden wir wohl in meiner

Heimat ermitteln müssen!" Maja hatte die Situation fest im Griff, de Monte war sichtlich erstaunt und beeindruckt.

„Wenn du mir jetzt auch gleich noch den Namen des Schützen sagst, können wir den Fall gleich abschließen!"

„Ich denke, es wird sich um jemanden handeln, der Kontakte zur jugoslawischen Geheimpolizei hatte, oder selbst dort gearbeitet hat, so viel kann ich dir schon sagen." Maja blickte de Monte schnippisch an, schnappte den Beutel mit der Patronenhülse und übergab ihn dem leitenden Beamten der Spurensicherung.

„Bitte lassen Sie die ballistischen Spuren untersuchen, wenn nach der Obduktion das Projektil zur Verfügung steht. So sollten wir feststellen können, ob die Tatwaffe eine Tokarew oder eine Zastava war. Und bitte übermitteln Sie mir dann rasch die Details, damit ich diese mit jenen in unserer Datenbank abgleichen kann."

Während Maja noch sprach, war auch Maurizio Trevestan zu ihnen gestoßen.

„Konntest du noch etwas von Frau Burger erfahren?"

De Monte hatte sich kurz weggedreht und war zu den Tanks gegangen, um festzustellen, wo der Mörder hergekommen war, und kam jetzt wieder aus dem Halbdunkel zu Maja und Maurizio dazu. „Das ist schon sehr interessant, welche Dimension dieser Fall nun annimmt, das wird die erste große Ermittlung unserer neuen Gruppe", dachte sich der Kommissar aus Kärnten und war direkt ein wenig stolz, mitwirken zu dürfen. Zeigen wollte er das natürlich nicht und fuhr nun fort.

„Frau Burger ist natürlich noch immer geschockt, aber bereit, mit uns zu sprechen, wenn es nötig ist."

De Monte blickte Maja kurz an, sie nickte kaum sichtbar und machte dann einen ersten Schritt in Richtung Ausgang. Valentin und Maurizio folgten ihr wortlos, die Beamten im Weinkeller fuhren mit ihrer Arbeit fort.

Im Wohnhaus der Familie Furlan war es angenehm kühl, der Stil der Einrichtung erinnerte de Monte beinahe an ein Haus in der Toskana, das er mit Iris für einen schönen Herbsturlaub gemietet hatte. Alles wirkte irgendwie gediegen, aber doch funktionell.

Im Esszimmer mit großer Schiebetür zur Terrasse saß Frau Burger, am Tisch vor ihr stand ein Espresso, irgendwie roch es aber nach Alkohol.

„Ich habe ihr einen *caffé coretto* gegeben, du weißt ja, mit einem Schuss Grappa“, sagte Maurizio beinahe entschuldigend, und de Monte nickte zustimmend, obwohl ihm lieber gewesen wäre, Frau Burger hätte den kurzen Schwarzen ohne Alkohol zum Stützen des Kreislaufs hintergekippt. Gut, nun war es einmal so und er begann mit der weiteren Befragung.

„Frau Burger, können wir noch einmal besprechen, warum Sie das Mordopfer kennen?“

„Ja, ganz einfach, wir betreiben ja eine Pension am Faaker See in Kärnten, kennen Sie den?“

„Ja, Frau Burger, ich bin ja in Arnoldstein aufgewachsen und war schon in jungen Jahren oft beim Faaker See zum Baden!“

„Gut, wir haben also unsere Pension in Faak am See und betreiben dort auch ein kleines Restaurant, gar nicht weit weg vom Radweg, das ist gut für uns, denn da …“

„Frau Burger, bitte bleiben Sie bei meiner Frage“, unterbrach sie Valentin de Monte und rückte mit dem Stuhl ein wenig nach vorne, um seiner Aussage noch ein wenig mehr Kraft zu verleihen.

„Oh, entschuldigen Sie, Herr Inspektor, oder wie soll ich Sie ansprechen?“

„Frau Burger, das ist nicht so wichtig, Herr de Monte ist Kommissar, aber bitte erzählen Sie jetzt die Geschichte, warum Sie das Mordopfer, den Winzer Marco Furlan, kennen!“ Maja Vrbinc hatte sich sehr ruhig und besonnen eingemischt, weil sie merkte, dass ihr Kollege de Monte schön langsam ungeduldig wurde, und es gelang ihr nun wirklich, die Situation zu stabilisieren.

„Bitte um Entschuldigung, das ist alles ein bisschen viel für mich, Herr Kommissar, also, jetzt beginne ich noch einmal. Wir haben eine kleine Pension in Faak am See und ein Restaurant auch. Es ist ja schon viele Jahre her, ich kann gar nicht sagen, wann der Herr Furlan zum ersten Mal bei uns war, aber ich kann ganz sicher sagen, dass er mindestens zweimal im Jahr da war und eben die beiden anderen Herren getroffen hat.“

„Einer dieser anderen Herren war Herr Jamnik, oder?“

De Monte hatte sich wieder ein wenig vorgebeugt und beinahe zeitgleich wich Frau Burger zurück, sprach aber gleich weiter.

„Genau, Herr Josef Jamnik, das weiß ich so genau, weil damals ja noch meine Eltern den Betrieb geführt haben und ich in der Rezeption immer die Meldezettel verwalten musste. Daher kann ich genau sagen, dass einer der Herren Josef Jamnik war. Und zwar deshalb, weil ich mich noch gewundert habe, dass ein Kärntner am Faaker See übernachtet, und das nur für eine Nacht, das fällt halt auf. Deshalb habe ich mir auch den Namen des zweiten Mannes gemerkt, eben Marco Furlan. Ehrlich gesagt, der war auch ein flotter Typ und sein gebrochenes Deutsch mit italienischen Worten hat mir sowieso gefallen, *capisci* – verstehen Sie?“

„*Sì, naturalmente* – ja, natürlich!“ De Monte hatte in der Hektik des Augenblicks in italienischer Sprache geantwortet, fuhr aber sofort in Deutsch weiter.

„Sie haben aber gesagt, es war noch ein dritter Mann dabei, können Sie uns auch diesen Namen nennen?“

„Nein, kann ich nicht, denn der hat nie bei uns übernachtet, deshalb habe ich auch nie seinen Namen erfahren, aber ich kann Ihnen so viel sagen, er war sicher aus Jugoslawien, also wahrscheinlich aus dem heutigen Slowenien, denn oft hörte ich ihn und Herrn Jamnik in dieser Sprache sprechen, denn in unserer Gegend gibt es auch einige Leute, die sich so unterhalten.“

„*Govorite tudi slovensko* – sprechen Sie auch Slowenisch?“ Maja hatte ihre Frage bewusst zuerst in slowenischer und dann auch in deutscher Sprache gestellt, prompt kam die Antwort.

„Nein, leider nicht! Ein paar Worte verstehe ich, aber eher so jene, die man beim Bestellen im Lokal braucht“, sagte Franziska Burger in Richtung Maja.

„Gut“, meinte de Monte, „Sie sagen also, dass das schon einige Jahre her ist, wie viele Jahre?“

„Das kann ich Ihnen beim besten Willen nicht sagen, das wird so in den späten 1980er-Jahren gewesen sein, aber glauben Sie jetzt nicht, dass ich mir das alles nur einfallen lasse! Im Gastgewerbe bekommt man viel mit und merkt sich viel, einiges vergisst man wieder, aber manches bleibt einem einfach, das ist halt so. Und außerdem sind die drei

Herren vor gar nicht allzu langer Zeit wieder bei uns gewesen und haben sich wirklich aufgeregt unterhalten. Aber übernachtet haben sie da nicht, sie sind nur angekommen, haben gegessen und sich dabei eben unterhalten."

„Können Sie uns den dritten Mann wenigstens beschreiben? Wie hat er ausgesehen, war er groß, dick, dünn, welche Farbe hatten seine Haare, welche Kleidung hat er getragen?" De Monte war voll in Fahrt, als Maja ihre Hand auf seine Schulter legte, diese leicht zusammenzog und gleichzeitig beschwichtigend zu Frau Burger blickte. Das tat sie genau im richtigen Moment, und motivierte so die Zeugin zum Weitersprechen.

„Also, das kann ich Ihnen nicht genau sagen. Ich weiß nicht einmal mehr, ob das derselbe dritte Mann wie die Jahre zuvor war. Dick war er nicht, aber auch nicht allzu dünn. Die Haare waren dunkel, auch ein wenig ergraut und eher ungepflegt, ein wenig fettig, oder mit Pomade zurückgekämmt. Irgendwie wirkte der Typ unsympathisch auf mich, aber, wie gesagt, ob das auch der Mann von früher war, kann ich nicht genau sagen. Bei Herrn Jamnik und Marco Furlan bin ich mir aber sicher. Ich werde gleich morgen versuchen, Herrn Jamnik zu kontaktieren, vielleicht finde ich ihn ja in den sozialen Medien, oder so!"

„Das brauchen Sie nicht zu versuchen, Frau Burger!"

De Monte lehnte sich jetzt zurück, um seiner Aussage, zumindest von seiner Haltung her, die Schärfe zu nehmen.

„Herr Jamnik wurde nämlich auch ermordet, auf der Turracher Höhe, bei seiner Jagdhütte!"

„Um Gottes willen, wie schrecklich, haben Sie den Mörder schon gefasst?"

„Nein, wir ermitteln noch, es gibt aber einige Spuren, und jetzt die Verbindung zu Marco Furlan."

„Dann ist sicher der dritte Mann der Mörder, bitte suchen Sie ihn, er muss eingesperrt werden!"

„Frau Burger, wir sind dabei, aber so schnell geht das nicht. Haben Sie vielleicht die Fahrzeuge der Herren gesehen, ist Ihnen da etwas aufgefallen?"

„Aufgefallen, aufgefallen, nein, nicht wirklich, außer …" Franziska Burger schien an etwas zu denken, sprach aber nicht weiter.

„Bitte, Frau Burger, denken Sie nach und sagen uns alles, was Ihnen dazu einfällt!"

Maja hatte sich wieder eingebracht und ihre ruhige, besonnene Stimme schien Franziska Burger gut zu tun.

„Doch, ich kann Ihnen wirklich etwas sagen, der dritte Mann, der aus Slowenien, weil als er beim letzten Mal bei uns war, ist er ja sicher aus Slowenien gekommen, war mit so einem Geländewagen unterwegs, wie sagt man noch einmal dazu?"

„Pickup, so ein Jagdwagen, oder ein SUV, ein großer Geländewagen?"

De Monte hatte sich jetzt auch beruhigt und die Frage ganz gezielt formuliert. Franziska Burger schaute ihn zunächst einmal etwas verwirrt an, so eine gezielte Frage hatte sie wohl nicht erwartet, antwortete dann aber überraschend schnell.

„Geländewagen, wie haben Sie gesagt, ES-JU-VI?"

Franziska Burger buchstabierte langsam und sogar in der englischen Aussprache, de Monte nickte zustimmend.

„Ganz sicher war das so ein Wagen, denn so einen Pickup erkenne ich sofort, den haben bei uns zu Hause auch einige, vor allem die Jäger. Ich glaube, die wollen ein wenig angeben damit und dann brauchen sie sogar einen Kran, weil sie einen ausgewachsenen Hirsch gar nicht ohne Kran auf die Ladefläche bringen, peinlich ist das!"

„Gut, Frau Burger, wo haben Sie denn dann dieses Auto vom unbekannten Mann aus Slowenien gesehen?"

„Ganz einfach, ich war halt neugierig, und nachdem sich die Herren verabschiedet hatten, habe ich beim Fenster hinausgeschaut, aber, ehrlich gesagt, gut gesehen habe ich das Auto nicht, nur beim Zurückstoßen, er hat um die Ecke geparkt, nicht vor dem Haus, konnte ich für einige Momente den hinteren Teil des Autos sehen, und der war groß, sehr groß, und hoch, und dunkel, also die Scheiben waren total dunkel, und das Auto auch, wahrscheinlich also, das kann ich nicht genau sagen. Aber die Scheiben waren ganz sicher total dunkel!"

„Danke, Frau Burger, Sie haben uns wirklich schon sehr geholfen", sagte de Monte und beendete nun die Befragung.

Sie können jetzt mit Ihrer Gruppe nach Hause fahren. Halten Sie sich aber bitte zu unserer Verfügung, falls wir noch Fragen haben, und bitte melden Sie sich, wenn Ihnen noch etwas einfällt!"

De Monte griff in die Brusttasche seines Hemdes und zog eine Visitenkarte hervor. Der Bundesadler war deutlich zu sehen, aber auch die weißen Bergspitzen auf blauem Grund und der von einem Eichen- und einem Olivenzweig umrandete weiße Stern, also die drei Wappen Österreichs, Sloweniens und Italiens in einem Dreieck vereint als Zeichen des Trilateralen Büros, prangten links oben. Das war die erste Visitenkarte, die er als Kommissar in der Gruppe „Leib und Leben" übergab, für de Monte ein ganz eigenes

Gefühl. Er ließ sich aber nichts anmerken, Franziska Burger ebenso, denn sie nahm die Karte entgegen und versenkte sie gleich in ihrer Handtasche. Die Wirtin vom Faaker See wollte nur noch heim und weg von diesem schrecklichen Ort, der sie zur Zeugin in einem Mordfall hatte werden lassen. Nichts ist es geworden mit der Weinverkostung, dabei hätte sie so gerne ein paar Flaschen gekauft und ihren Gästen als Spezialität aus dem Friaul präsentiert. Wenigstens hatte sie gar nicht gewusst, dass sie den Winzer gekannt hätte, denn im Programm stand ja nur *Besuch eines Weingutes und Verkostung*, und jetzt das, keine Verkostung, dafür aber eine Leiche im Weinkeller, wie schrecklich.

Franziska Burger verabschiedete sich von den Anwesenden und ging nach draußen, wo Reiseleiter Paolo und die weiteren Mitreisenden bereits auf sie warteten. Dass sie ihnen nichts von der Befragung sagen würde, nahm sie sich schon beim Hinausgehen aus dem Wohnhaus vor und sie hielt es auch bis zu Hause durch.

De Monte erhob sich ebenfalls von seinem Sessel und blickte Maja fragend an.

„Gut, Valentin, gut, wir haben viel erfahren, wesentlich mehr, als zu erwarten war, aber jetzt wartet viel Arbeit auf uns!“

„Ja, Maja, ganz sicher, ich werde jetzt noch mit Maurizio und dem Einsatzleiter eine kurze Besprechung machen, kannst du dich bitte um die Abreise der Kärntner Gruppe kümmern. Dir werden sie sicher weniger Fragen stellen als mir, passt das so?“

„*Seveda, dragi moj* – sicher, mein Lieber!“, zwinkerte Maja dem Monte zu, der sichtlich irritiert war, was ihr natürlich gefiel.

16.

Janez Novak war nervös. Erst hatte er sich seinem Ziel so nahe gefühlt und dann war die Fahrt nach Mojstrana ein Misserfolg, oder doch nicht? Novak fühlte sich massiv unter Druck. Seine Bewegungen waren fahrig, beinahe unkoordiniert, dabei war er in seiner Wohnung an der Celovška Cesta doch sicher, das war seine „Höhle“, in der er nicht nur seiner Arbeit ungestört nachgehen konnte, sondern auch ein Gefühl der Geborgenheit verspürte.

Doch momentan war von Geborgenheit keine Rede. Der Chef saß ihm im Nacken; schaffte er die Aufdeckergeschichte über den Schmugglerring nicht, war er geliefert, das wusste Novak genau. Dazu kam noch sein journalistischer Trieb, denn, wenn er einmal an einer Geschichte dran war, konnte er einfach nicht mehr loslassen, egal wie groß oder klein die Story auch war. Tatsache war, es gab einen Informanten, der offenbar den Kopf der Bande kannte, den slowenischen wenigstens, denn die beiden anderen Schlüsselfiguren in Italien und Österreich hatte er ja schon enttarnt.

Und Janez Novak dachte, dass nur noch ein kleiner Schritt zur Lösung fehlte, nämlich die Information, wer nun die Schmugglerbande in Slowenien leitete oder geleitet hatte. Dass offenbar jeder der Köpfe unerkannt bleiben konnte und eine gute berufliche Position ausgeübt hatte oder noch immer aktiv war, erschien dem Journalisten geradezu unglaublich, und doch wusste er, dass er bildlich gesprochen in ein Wespennest steche werde, denn die Veröffentlichung seiner Geschichte könnte Folgen haben. Strafrechtlich hätten die Personen nichts mehr zu befürchten, aber ihr Ruf wäre von einem Tag auf den anderen zerstört und das könnte zu einem Verlust von Ämtern führen, die die Herren auch im Ruhestand noch ausübten. Und wer weiß, ob nicht doch die Finanzverwaltung versuchen würde, den einen oder anderen Kauf, der von dem Geld, das sie aus den Schmuggeleien lukrierten, getätigt wurde, zu verfolgen und daraus auch noch Probleme entstehen könnten.

Ja, er war an etwas Großem dran! Er, der Journalist mit der kleinen Wohnung im Plattenbau an der Haupteinfahrtsstraße der slowenischen Hauptstadt Ljubljana. Novak fühlte, dass sein Durchbruch als gefeierter Investigativjournalist knapp bevorstand. Dann könnte er endlich auch über sein Gehalt verhandeln, und zwar nicht als Bittsteller, sondern aus einer Position der Stärke heraus. Dann könnte er einmal seinem Chefredakteur sagen, wohin die Reise geht, wie er sich die Zukunft vorstellt, und müsste nicht dauernd wie ein Befehlsempfänger vor dem Schreibtisch seines Vorgesetzten stehen und dessen Anweisungen zeitnah ausführen.

„Morgen um 18 Uhr 30 im Casino in Bled, an dem Spielautomaten Platz nehmen, der die vielen Kirschensymbole zeigt, zweitausend Euro Spielkapital mitbringen, spielen und warten!“ So hatte es der anonyme Informant beim erwarteten Treffen im Bergsteigermuseum in Mojstrana am Telefon gesagt, und so wird es auch stattfinden. Doch Janez Novak wollte vorher noch einmal die gesamte Konstruktion seiner Geschichte durchgehen. Bei einem so komplizierten Fall muss jedes Detail aufmerksam verfolgt werden, nichts darf untergehen oder vergessen werden. Dafür hatte sich Novak schon vor mehr als einer Woche einen großen Papierbogen in dem Schreibwarengeschäft in der Altstadt gekauft. Da war er irgendwie konservativ, denn im großen Einkaufszentrum, das gar nicht so weit entfernt von seiner Wohnung war, hätte er diesen Bogen wahrscheinlich wesentlich günstiger bekommen. Trotzdem erinnerte er sich so gerne an seine Kindheit, als er mit seiner Mutter immer ins Schreibwarengeschäft ging, um die Hefte für das neue Schuljahr zu kaufen. Und vielleicht konnte er ja schon bald sagen, dass er eben diesen Bogen, den er jetzt auf seinem Küchentisch entfaltete, um das Netzwerk der Drei-Länder-Schmugglerbande aufzuzeichnen, in diesem Geschäft gekauft hatte, vielleicht wollte man dann sogar ein Foto mit ihm vor der Auslage machen.

Novak war ein Träumer, aber ohne Träume wäre die Welt wohl nur halb so schön, das hatte er schon seiner Mutter gesagt, als er eröffnete, dass er seinen Weg als freier Journalist gehen wollte, und sie große Zweifel hatte.

Der schwarze Stift sauste über das Papier. Ein Dreieck bildete das Grundmuster, an den Ecken gab es wiederum Verzweigungen und schon grafisch war eineutig sichtbar, dass es sich jeweils um eigenständige Organisationen handelte, deren Mitglieder keine Verbindung zueinander hatten. Nur drei Punkte waren miteinander verknüpft, die Köpfe der Vereinigungen, und, das hatte Novak bei seinen Nachforschungen am meisten erstaunt, es gab einen einzigen Querverweis über die Landesgrenzen hinweg. Josef Jamnik und Vilko Horvat mussten sich einfach kennen, denn die Schwester von Horvat ist die Gattin des Kärntners Jamnik. Vielmehr war sie es, denn, das wusste auch

Janez Novak, sie war ja bereits vor einiger Zeit verstorben. Also, Horvat war der Schwager von Jamnik, aber wussten beide voneinander, oder vielmehr von ihrer *Tätigkeit* über die Grenzen hinweg. So weit war der Journalist noch nicht gekommen, da wollte er noch Hintergrundinformationen einholen, doch jetzt brauchte er erst einmal jenen Namen, der das Dreieck komplett machen sollte.

Weil er den Platz für den Namen des slowenischen Chefs nicht einfach leer lassen wollte, malte er dort eben ein großes Fragezeichen hin, und freute sich auf jenen Moment, an dem er dieses dann durch einen Namen ersetzen werde.

„Gut gemacht, Novak!", so hörte er schon den Chefredakteur sagen. Ein Lob erwartete er sich gar nicht, das würde die zwischenmenschlichen Fähigkeiten seines Gegenübers in der Schaltzentrale des Magazins *Wahrheit* übersteigen. Dieses Lob könnte ja von ganz anderer Stelle kommen, da sah sich Novak schon als *Journalist des Jahres* auf den Titelseiten der Tageszeitungen und beim Interview in den Hauptnachrichten im Fernsehen.

Das schrille Klingeln seines Telefons unterbrach einmal mehr seine Träumereien. Novak drückte die Taste zum Abheben, sagte aber einmal nichts.

„Auch wenn Sie sich nicht melden, ich weiß, dass Sie mich jetzt hören, Herr Novak", sagte die Stimme, die ihm beinahe schon vertraut war.

„Ich melde mich nicht, weil Sie mir ja auch nicht sagen, mit wem ich spreche", konterte der Journalist und war selbst überrascht, dass er so entspannt reagieren konnte.

„Papperlapapp, versuchen Sie jetzt nicht, cool zu sein, Sie brauchen meine Information, sonst kommen Sie nicht weiter, und deshalb noch einmal meine Erinnerung:

morgen um 18 Uhr 30 im Casino Bled beim Automaten mit den vielen Kirschen, verstanden?"

„Ja, natürlich verstanden, zweitausend Euro Spielkapital, ich habe mir alles gemerkt, ich komme", antwortete Novak wie bei einer Prüfung in der Schule.

Der Informant hatte bereits aufgelegt, bevor Novak noch mehr sagen konnte. Mehr war aber auch nicht nötig, denn es war alles gesagt. Der Blutdruck dürfte nun etwas gestiegen sein, während Novak noch einmal seinen Papierbogen mit dem Dreieck und den Verzweigungen studierte. Ohne es wirklich zu wollen und wahrscheinlich nur aus dem Unterbewusstsein heraus, nahm er noch einmal den schwarzen Stift und verstärkte das Fragezeichen, indem er es nachzog, einmal, zweimal, dann, wie wenn er wieder im Jetzt angekommen war, zog er den Stift weg und legte ihn ab. Ihm war auch klar, dass dieser Bogen ein brisantes Material war, also musste er ihn verstecken, denn, wer weiß, vielleicht war man ihm ja schon auf der Spur und wollte in seine Wohnung einbrechen, um genau solche Informationen zu bekommen.

Janez faltete den Bogen zusammen und holte aus der Lade, wo er alles Mögliche aufbewahrte, das transparente Klebeband. Er überlegte kurz, legte dann die Rolle wieder zurück und griff nach dem breiten silbernen Panzertape, das hatte mehr Kraft und war für den geplanten Zweck besser geeignet.

Kurze Zeit später war alles erledigt und Janez Novak verließ seine Wohnung für einen kurzen Spaziergang. Er wollte auch beim *Wirt seines Vertrauens* vorbeischauen, aber nur kurz, denn morgen könnte ein entscheidender Tag werden und das musste er richtig gut drauf sein. Der *Tag der*

Entscheidung, so wollte er dann in seiner Geschichte auch diesen entscheidenden Moment nennen.

17.

Eigentlich hatte er ja gar keine Lust dazu, seinen Schwager zu beschatten, aber jetzt war es Zeit dafür. Der Sepp hatte sich seit einiger Zeit weder gemeldet noch nachgefragt, wie es denn ihm, dem Bruder seiner verstorbenen Frau, ginge. Deshalb hatte wiederum Vilko Horvat beschlossen, einmal *nach dem Rechten zu sehen*. Und außerdem teilte ihm einer seiner ehemaligen Schmugglerkollegen vor zwei Wochen mit, dass ein Journalist in der Gegend von Kranjska Gora recherchiert und, wie er sagte, *komische Fragen* gestellt hatte. Das war für Vilko Horvat mehr als ein Anlass, dezent aktiv zu werden. Er hatte nämlich einerseits nicht geringste Lust dazu, als ehemaliger Schmuggler aufzufliegen, und musste nun die Köpfe der Bande *bearbeiten*. Zumindest zwei davon waren ihm bekannt, der dritte werde sich schon herausfiltern lassen.

Wie man Menschen, denen man persönlich bekannt ist, unauffällig beschattet, hatte Horvat bei der Geheimpolizei bis ins Detail gelernt. Oberstes Prinzip dabei war, sich nicht zu verstecken, sondern beinahe ganz normal in der Öffentlichkeit zu bewegen. Natürlich braucht das auch ein wenig Geschick, denn man durfte der zu beschattenden Person nicht über den Weg laufen, und genau das war im Fall von Josef Jamnik das Problem. Er wohnte ja nicht in einer hektischen Stadt, sondern am Land, in Pichlern in der Gemeinde Himmelberg in der Nähe von Feldkirchen in Kärnten. Da ist es gar nicht leicht, unauffällig zu bleiben, besonders mit einem Fahrzeug mit slowenischem Kennzeichen.

Der Vorteil für Horvat war aber, dass er nicht nur ein neues Auto, sondern auch ein neues Kennzeichen hatte. Der SUV war wirklich teuer gewesen, aber er hatte ja noch Geld von den Schmugglertouren übrig, das er brav gespart hatte. Da war sich sogar die Verdunklung der Scheiben ausgegangen, die jetzt so modern war und ihn beim *aktuellen Einsatz* perfekt unterstützte.

Sein Fahrzeug hatte er so geparkt, dass er die Garagenausfahrt von Josef Jamnik gut sehen konnte. Um ganz sicher zu gehen, hatte er auf der Rückbank Platz genommen, da war es geradezu unmöglich, ihn von außen zu erkennen. Lange musste er nicht warten, bis sein Schwager mit dem Auto rückwärts aus der Garage fuhr. Jamnik war ein ganz schlechter Autofahrer, einmal war er sogar mit dem linken vorderen Kotflügel an der Torsäule angeschrammt und hatte dann Vilko ersucht, für die Reparatur eine günstige Werkstatt in Slowenien zu suchen. Vilko hatte wie immer den Auftrag ausgeführt und dafür nicht einmal ein richtiges Danke erhalten.

Diesmal funktionierte das Ausparken aber gut. Horvat machte sich bereit, denn jetzt musste es schnell gehen. Kaum war Jamnik an ihm vorbeigefahren, stieg Horvat mit einem Schritt von der Rückbank nach vorne auf den Fahrersitz, nahm Platz und startete seinen SUV. Dieses Manöver hatte er in seiner Zeit als Agent vielfach geübt, deshalb klappte es auch diesmal perfekt. Weil in Kärnten mittlerweile beinahe immer und überall Fahrzeuge mit slowenischem Kennzeichen unterwegs waren, hatte Josef Jamnik auch sicher keinen Verdacht geschöpft.

Horvat hängte sich an das Fahrzeug seines Schwagers dran, mit einem guten Abstand natürlich, denn auffallen wollte er auf keinen Fall. Jetzt war er ganz in der Stimmung seiner Zeit bei der jugoslawischen Geheimpolizei. Er hatte sogar seine Pistole von damals mitgenommen, das war zwar nicht legal, denn über die Grenze hätte er die Zastava gar nicht transportieren dürfen, aber das Versteck im doppelten Boden des Handschuhfachs war nicht so leicht zu entdecken und daher blieb er recht ruhig.

Von Pichlern ging es nach Feldkirchen und von dort weiter in Richtung Ossiacher See. „Er wird wohl nach Villach fahren; was er dort bloß vorhat?“, fragte sich Horvat. Die Straße entlang des Ossiacher Sees war ja geradezu ideal für eine Beschattung, denn es herrschte dort immer Verkehr in beiden Richtungen. Das Überholen war so gut wie unmöglich und daher bewegten sich die Fahrzeuge in immer gleichem Abstand mit mäßiger Geschwindigkeit voran.

Vorbei an der Bergbahn auf die Gerlitzen in Annenheim fuhr Jamnik weiter geradeaus, etwas später, nach dem Kreisverkehr beim sogenannten *Seespitz* blinkte er dann links, um auf die Autobahn aufzufahren. Horvat folgte ihm in immer gleichem Abstand. So ging das weiter bis zum Kreuz Villach, dann in Richtung Italien und schließlich fuhr Jamnik bei der Abfahrt *Faaker See* von der Autobahn ab. Horvat war ein wenig irritiert, denn ursprünglich war er ja überhaupt auf eine Fahrt auf die Turracher Höhe vorbereitet gewesen, doch es kam offenbar ganz anders.

Schließlich erreichte Jamnik das Ziel, die *Pension Burger* in Faak am See. Horvat hatte gleich nach der Abzweigung von der Hauptstraße gehalten, wo ihm das Schild *Pension Burger 150 m* sagte, dass er jetzt nicht mehr hinterherfahren durfte. Den Rest des Weges ging er zu Fuß, seinen Hut tief heruntergezogen, bis zum Parkplatz der Pension. Jamnik hatte offenbar noch im Auto telefoniert, denn er schickte sich gerade an, auszusteigen, und Horvat konnte sich gerade noch hinter einer dicken Fichte verstecken. Das Aussteigen fiel seinem Schwager offenbar schwer, denn sein Stöhnen hörte Horvat sogar hinter dem Baum stehend. Jetzt wurde es schwierig für ihn, denn der Parkplatz war groß und zwischen den Fahrzeugen und dem Haus ein breiter Streifen ohne Möglichkeit zum Verstecken. Horvat blieb im Schatten der Bäume, die entlang der Grundgrenze gesetzt waren und kam so an eine der hinteren Ecken der Pension. Währenddessen war Jamnik bereits über den Haupteingang ins Gebäude getreten, zielsicher ging er vorbei an der Rezeption und durch die Schwingtür in das angrenzende Restaurant. Dort warteten schon zwei Männer auf ihn, die er freundlich, aber nicht überschwänglich begrüßte.

„Wir müssen reden, hat sich bei euch auch ein Journalist gemeldet“, begann Jamnik gleich das Gespräch ohne große Floskeln.

„Ja, bei mir schon“, antwortete einer der beiden Herren mit deutlich italienischem Akzent. Als der dritte Mann antworten wollte, unterbrach der Kellner das Gespräch, der die Bestellung aufnehmen wollte.

Horvat versuchte sich inzwischen zu orientieren. Er blickte nach oben, sah die Balkone und links von seinem Standpunkt aus drei Fenster sowie eine Entlüftung. Daraus schloss er, dass das die Küche sein müsste. Also entschied er, nach links der Hausmauer zu folgen, um einen Blick ins Innere zu bekommen. Und den hatte er auch bald, sogar noch sehr unauffällig, denn ein großer, blühender Strauch bot ihm die nötige Deckung.

Da saßen sie nun, die drei Herren, und unterhielten sich angeregt. Jamnik war ihm bestens bekannt, den Mann links von ihm kannte er auch, er hatte sogar das Fahrzeug mit dem slowenischen Kennzeichen am Parkplatz gesehen. Milan Koren war in Slowenien eine bekannte Persönlichkeit. Der Präsident des Handelsverbandes hatte es weit gebracht, und keiner wusste, wie er es schon in jungen Jahren zu einem ansehnlichen Vermögen gebracht hatte. Vilko war darüber aber bestens informiert, denn er war ja damals sozusagen der *zweite Mann* in der Schmugglervereinigung, Koren wusste aber nicht, dass Vilko, der niemals von seinem Wissen Gebrauch gemacht hatte, im Bilde war.

Den dritten Mann am Tisch konnte Horvat aber nicht identifizieren. Er fühlte den steigenden Puls und konnte es kaum glauben, aber offensichtlich beobachtete er gerade ein Gipfeltreffen der *Schmugglerkönige*. Dabei hatte er nur seinen Schwager ein wenig beschatten wollen, einfach um zu wissen, was bei ihm so läuft, und jetzt das. Fast fühlte er sich in seine Zeit bei der Geheimpolizei zurückversetzt.

Am liebsten wäre Vilko Horvat sofort in das Restaurant hineingestürmt und hätte ihnen einmal seine Meinung gesagt, sie gefragt, ob sie sich nur im Ansatz vorstellen könnten, welche Strapazen er mit den Kollegen für kleines Geld auf sich genommen hatte, um immer rechtzeitig die *Ware* am vereinbarten Ort deponiert zu haben und so weiter. Ihm war aber klar, dass das jetzt vollkommen sinnlos war.

Vielmehr beschloss er, einen ganz anderen Weg zu gehen, einen nachhaltigen Weg. Zumindest für ihn erschien dieser Weg nachhaltig, was immer man darunter verstehen mag.

Vilko Horvat hatte seine Entscheidung getroffen, doch dafür brauchte er nur noch die Identität des Italieners, und das war letztlich recht einfach. Er konnte nämlich einigermaßen gut Lippenlesen, und Jamnik hatte bei der Begrüßung die Namen beider Herren ausgesprochen. Deshalb löste sich Vilko nun vom Anblick der Herren, ging drei Schritte weiter nach links und blickte prüfend um die Ecke des Hauses. Er musste geradezu schmunzeln, denn der Italiener war sich offenbar seiner Sache so sicher, dass er gleich mit dem Firmenfahrzeug gekommen war. *Marco Furlan – Vini del Collio – Weine aus dem Collio*, war da auf einem Lieferauto zu lesen, mit Adresse und Telefonnummer. Und dieser Name stimmte exakt mit dem überein, den Josef Jamnik bei der Begrüßung der Herren genannt hatte.

Horvat hatte genug gesehen, er konnte sich nun zurückziehen und weitere Schritte einleiten. Und um den Journalisten wollte er sich auch noch kümmern. Da hatte er schon eine Idee, denn die Öffentlichkeit sollte erfahren, wer sich da wirklich bereichert hatte, und da konnte der Journalist durchaus hilfreich sein, wenn er die nötigen Informationen hatte. Aber zu intensiv sollte er dann doch nicht recherchieren. Die Köpfe auffliegen lassen, das reichte schon, denn die *Arbeiter* müssen geschützt werden. Das war er seinen Kollegen einfach schuldig, auch wenn er jene in Kärnten und Italien gar nicht kannte. Egal, was sein muss, muss sein, die Entscheidung war gefallen.

18.

„*Ciao, Valentino, finalmente torni da noi* – Servus, Valentin, endlich kommst du wieder einmal zu uns!“ Laura lächelte erfreut, als de Monte das Lokal betrat. Er grüßte aber nur kurz und sah sich dann suchend um.

„Ich glaube, du suchst deine Kollegen, oder besser die Kollegin und den Kollegen, die sind da hinten, nach der Schiebetür gleich rechts, sie warten schon!“

De Monte winkte Laura dankend zu, öffnete die Schiebetür, trat ein und schloss sie wieder hinter sich. Maja und Maurizio waren in ein Gespräch vertieft, unterbrachen es aber gleich und blickten zu Valentin auf.

„Pünktlichkeit ist nicht deine Spezialität“, sagte Maurizio mit Augenzwinkern und zog einen Stuhl vom Tisch weg, damit de Monte sich setzen konnte.

„Sorry, ist nicht in Ordnung, ich werde mich bessern“, versprach er und nahm Platz.

„Also, die Mordwaffe im Fall Marco Furlan war mit Sicherheit eine Zastava M57 aus jugoslawischem Bestand, das hat die ballistische Untersuchung eindeutig ergeben“, fuhr Maja gleich fort und die beiden Kollegen nickten zustimmend.

„Das bedeutet also, wir müssen unsere Ermittlungen eher in Richtung Slowenien richten, obwohl, eine solche Waffe könnte auch jemand aus Kärnten oder Friaul besitzen beziehungsweise verwendet haben, es ist also mehr oder weniger alles möglich“, erwiderte de Monte mit einem fragenden Unterton.

„Das mag schon stimmen, aber sprechen wir jetzt einmal darüber, was wir schon haben“, meine Maurizio Trevestan. In diesem Moment schrillte de Montes Telefon. Als er auf das Display blickte, verzog er seine Miene, wie wenn er in einen sauren Apfel gebissen hätte.

„Hausmann“, murmelte er den beiden anderen zu und hob ab.

„De Monte am Apparat, bitte, Herr Chefinspektor!“ Gleichzeitig hatte er das Handy vom Ohr genommen und die Lautsprechertaste gedrückt, damit alle mithören konnten.

„Warum treffen Sie sich mit Ihrer Gruppe eigentlich beim *Piussi*, glauben Sie, ich sehe von meinem Büro aus nicht, wie sie hintereinander in das Lokal gegangen sind, während der Dienstzeit wohlgemerkt, Herr Kommissar!“

„Nun, Chef, das war keine böse Absicht, wir meinen einfach, dass wir hier, im Extrazimmer, ungestört den Fall besprechen können, deshalb sind wir auch nicht im Büro.“ De Monte war sichtlich genervt, ließ sich aber in der Stimme nichts anmerken.

„Gut, wenn Sie meinen, dann soll es auch so sein. Aber, sofern Sie das interessiert, ich habe von meiner Kollegin Katja Gornik, der Kommandantin in Bled, ein brisantes Detail erfahren.“

Maja Vrbinc blickte auf und zwinkerte de Monte zu. Der lächelte zurück, dachte sich seinen Teil, blieb aber sachlich, wie es sich bei einem Gespräch mit dem Chef gehört.

„Bitte, Herr Chefinspektor, worum handelt es sich denn, die Kollegin Vrbinc und Maurizio Trevestan hören mit.“

„Sie werden gleich Augen machen, denn Vilko Horvat, so schreibt mir Katja Gornik, der Schwager des Mordopfers Josef Jamnik, war in Jugoslawien einige Jahre lang verdeckter Ermittler der Geheimpolizei. Und jetzt frage ich Sie: Welche Waffe trugen die Agenten damals?“

„Zastava M57“, antwortete Maja Vrbinc knapp und halblaut, doch Hausmann hatte sie gehört.

„Korrekt, Frau Kollegin, eine Zastava M57 Kaliber 7,62 × 25 mm Tokarev, noch Fragen?“

De Monte, Maurizio und Maja antworteten beinahe zeitgleich: „Nein!“

„Dann ist ja alles klar, werden Sie nun umgehend aktiv und erstatten Sie Bericht, Hausmann Ende!“

Der Chefinspektor hatte bereits aufgelegt, als de Monte sich verabschiedete. Maja erhob sich und sprach ihn an.

„Valentin, du beherrschst auch die slowenische Sprache, deshalb fahren wir beide jetzt sofort nach Mojstrana und befragen Vilko Horvat, die Indizien sind eindeutig. Maurizio, kannst du noch nähere Details zu Marco Furlan recherchieren, wir melden uns dann bei dir mit dem Ergebnis der Befragung.“

Maurizio Trevestan nickte zustimmend, stand ebenfalls auf und die drei verließen die Bar, nachdem de Monte noch schnell Laura zugerufen hatte, sie sollte die Getränke bitte auf seine Rechnung setzen, er werde sie morgen bezahlen.

Kaum war de Monte bei der Tür draußen, da läutete, während er gerade die paar Schritte zu den drei Stufen ging, die auf den Parkplatz führten, abermals sein Mobiltelefon.

„Jetzt wird der Chef sicher noch etwas ergänzen wollen“, dachte er sich, doch beim Blick auf sein Handy änderte er die Meinung sofort und aus dem genervten Blick wurde ein Lächeln.

„Iris, mein Schatz, danke für diese angenehme Überraschung, damit habe ich jetzt nicht gerechnet!"

Offenbar hatte seine Freundin gerade eine Pause bei ihrem Seminar in der FBI-Akademie in Quantico/USA, wie spät es bei ihr jetzt war, hatte er noch gar nicht nachgerechnet.

„Hallo, Liebster, ich bin wieder einmal so früh wach, bei mir ist es ja gerade erst vier Uhr in der Früh, aber ich weiß ja, dass du sicher schon unterwegs bist, was machst du gerade?"

„Ach Iris, wir arbeiten da an einem wirklich komplizierten Fall, es gibt zwei Tote, einen in Kärnten und einen im Friaul, und diese Fälle hängen ganz sicher zusammen, es gibt auch schon einen dringend Verdächtigen."

„Wie spannend, gut, dass du die Stelle im Trilateralen Büro angenommen hast, jetzt kannst du wirklich umfassend ermitteln."

„Aber was machst du denn im Moment, meine Iris beim FBI, ich kann das noch immer nicht glauben?"

„Valentin, ich sage dir, es wird immer spannender, denn jetzt verwenden wir Technik, von der wir zu Hause nur träumen können. Es geht da um Bearbeitung von Videoaufzeichnungen in einer Art und Weise, wie ..."

„Schatz, bitte um Entschuldigung, ich muss dich jetzt leider unterbrechen, weil wir es so eilig haben, wir fahren jetzt nämlich nach Slowenien, um den möglichen Täter zu befragen, es tut mir leid!"

De Monte hasste es, ein Telefonat frühzeitig zu beenden und, wenn Iris dran war, erst recht, es blieb ihm aber nichts anderes übrig, denn Maja Vrbinc war schon bei ihrem Fahrzeug und winkte ihm drängend.

„Ist doch nicht so schlimm, Liebster, wir werden noch viele Gelegenheiten haben, über meinen Kurs zu sprechen, also, alles Gute und viel Erfolg, ich liebe dich!"

„Ich dich auch, bis bald!"

De Monte war irgendwie frustriert, denn genau so wollte er seine Beziehung zu Iris nicht führen, aber, was blieb ihm übrig, denn jetzt könnte es bald sehr spannend werden im Fall Jamnik und Furlan.

„Was ist denn so wichtig, dass du den ganzen Weg vom Café bis fast hierher telefonierst und dabei noch so ein sanftes Gesicht aufsetzt", fragte Maja beinahe anklagend.

„Ach, das war meine Freundin Iris, sie ist ja bei einem FBI-Seminar in den USA und kann nicht schlafen, deshalb ruft sie mich um diese Zeit an, bei ihr ist es ja erst vier Uhr in der Früh."

„Oh, interessant", antwortete Maja. „Vielleicht kann sie uns ja gleich bei unserem Fall unterstützen, die haben dort wahre Spezialisten!"

„Das werden wir allein schaffen, Maja, und jetzt los, auf nach Mojstrana!"

19.

Es war kurz vor 18 Uhr, als Janez Novak sein Fahrzeug bei der Eishalle abstellte. Es war nicht das erste Mal, dass er diesen Parkplatz wählte, denn der beliebte Touristenort, am romantischen See gelegen, war ein beliebtes Ausflugsziel für Gäste aus aller Welt. Die versuchten aber, so nahe wie möglich beim See zu parken, weshalb dort, besonders am Beginn der Seepromenade, die natürlich für den Autoverkehr gesperrt war, immer ein ziemliches Chaos herrschte und, obwohl er genügend Zeitpolster eingeplant hatte, wollte er das Risiko, dort länger warten zu müssen, von vorneherein ausschließen.

„Vier Euro fünfzig pro Stunde, das ist aber happig", dachte sich der Journalist, und außerdem war die Parkzeit auf vier Stunden beschränkt. Kurz überlegte Novak, doch länger sollte das Treffen mit dem Informanten nicht dauern. In Mojstrana war es ja auch so, mit der Einschränkung, dass der Informant da gar nicht aufgetaucht war. Bargeld hatte er nicht viel mit, das brauchte er auch nicht, denn im Casino in Bled konnte er ja auch mit der Kreditkarte eine Spielkarte aufladen.

„Zweitausend Euro, das ist schon viel Geld, aber, wenn es mir den entscheidenden Hinweis bringt, ist es gut angelegt", dachte sich Novak, während er die Hauptstraße zum See hinunterspazierte. Nervös war er schon, aber er versuchte, sich mit jedem Schritt, den er dem Casino näherkam, ganz bewusst zu beruhigen. Irgendwann einmal hatte er das sogar in einem Seminar gelernt. „Ich bin ganz ruhig und ganz entspannt", war die Devise, die schon damals nur sehr bedingt funktioniert hatte. Dafür war Janez Novak einfach zu sehr emotional mit der Situation verbunden, vor allem deshalb, weil ja praktisch sein berufliches Fortkommen davon abhing, diese Schmugglerbande auffliegen zu lassen. Wenn auch heute kaum mehr strafrechtliche Folgen drohten, so konnte er zumindest die handelnden Personen bloßstellen, und das führte ganz sicher zu dem einen oder anderen Problem für die Betroffenen.

Das Casino in Bled kannte er schon von früheren Besuchen. Direkt am See gelegen war es schon etwas Besonderes, eine Spielbank mit Aussicht sozusagen. Das Casinoerlebnis war heute aber nur zweitranging beziehungsweise gar nicht vorhanden. Novak trat an die Rezeption, gab dem Mitarbeiter seinen Pass als Identifikation und ließ zweitausend Euro auf die Spielkarte buchen. Als er die Summe nannte, blickte der Mitarbeiter an der Rezeption kurz auf und Novak meinte, ein leichtes Erstaunen in seinen Augen zu erkennen. Das war aber nur ein kurzer Moment, denn dem Casinopersonal war es streng untersagt, in irgendeiner Form zur Risikobereitschaft der Gäste Stellung zu nehmen und sie schon gar nicht darauf anzusprechen. Der Mann wünschte ihm noch einen schönen Abend und machte eine Handbewegung in Richtung Eingang zu den Tischen und Spielautomaten.

Novak war mit den Gedanken ganz woanders, als er das Casino betrat. Es war nun 18 Uhr 20 und damit nur mehr zehn Minuten bis zum Treffen mit dem Informaten. Ob er ihn wieder anrufen oder persönlich erscheinen würde, das war die große Frage für den Journalisten, doch konnte der

Mann ja nur zu seinem Geld kommen, indem er auch wirklich da war. Novak wurde nun etwas nervös, bemühte sich aber, diese Regung so gut wie möglich zu verdrängen, was ihm natürlich nicht gelang. Er ging an den American Roulette-Tischen vorbei zu den Spielautomaten. Noch waren nur wenige Gäste im Casino, zwei Roulettetische waren überhaupt unbesetzt, bei einem Black-Jack-Tisch saßen gerade einmal zwei Herren, die mit gesenktem Blick in ihre Karten schauten, einer erhöhte gerade seinen Einsatz. Das interessierte Novak diesmal aber gar nicht, obwohl er bei den wenigen Casinobesuchen in der Vergangenheit immer gerne in zweiter Reihe zuschaute, denn das Spielerverhalten interessierte ihn brennend.

Diesmal hatte er aber nur Augen für die Spielautomaten und da suchte er wiederum jene mit den Kirschen-Symbolen. Drei Geräte dieses Typs standen nebeneinander an der Wand in der hinteren Ecke des Casinos, sodass man beim Spielen dem Raum den Rücken zuwendete. Gleich daneben befand sich eine Tür, die als Notausgang gekennzeichnet war.

Novak nahm Platz und blickte auf sein Handgelenk. Der große Zeiger seiner Armbanduhr stand gerade bei zwei Minuten vor halbsieben, er hatte also bis jetzt alles richtig gemacht. Nun steckte er die Spielkarte in den Automaten, der gleich ordentlich zu leuchten begann. Natürlich hatte er die Summe von zweitausend Euro auf der Karte erkannt, zeigte sie am Display auch an und schien sich über den mutigen Spieler offenbar zu freuen. Novak überlegte noch, zumindest ein oder zwei Spiele zu wagen, denn schon mit einem Cent konnte man sein Glück versuchen. So weit kam es aber nicht, denn als er gerade seine Hand hob, um die Spieltaste zu drücken, wurde er von hinten angesprochen.

„Guten Tag, Herr Novak, drehen Sie sich jetzt unter keinen Umständen um, auch wenn Sie es nicht glauben, aber ich bin bewaffnet und sie sind schneller tot, als Sie es sich vorstellen können, und dann haben Sie gar nichts. Ich habe nichts zu verlieren, doch Sie können profitieren, wenn Sie sich ruhig verhalten."

Janez Novak erstarrte auf seinem Hocker. Die hoffnungsvolle Erwartung war schlagartig einem panikartigen Gefühl der Hilflosigkeit gewichen. Dass es einmal so weit kommen werde, dass er bei seiner Recherche praktisch in Todesgefahr war, hatte er in seine Überlegungen gar nicht einbezogen.

„In Ordnung", sagte er mit belegter Stimme. „Ich werde mich nicht bewegen, sagen Sie mir jetzt, was vereinbart war oder wollen Sie mich einfach nur bestehlen?"

Er hatte sich mit jedem Wort mehr gefasst und spürte wieder eine gewisse Kraft.

„Genau das Gegenteil ist der Fall, wir machen ja ein Geschäft, denn ich bekomme ihre Karte und Sie die Information. Zuvor noch die Anweisungen, wie es weitergeht: Sie ziehen jetzt langsam die Karte aus dem Automaten, nehmen sie in die linke Hand, lassen diese locker runterhängen und bewegen sich dann nicht, verstanden?"

„Ja, ich habe verstanden, geht es schon los?"

„Ja, jetzt!"

Novak zog die Karte aus dem Automaten, nahm sie in die linke Hand, ließ dies an seinem Körper hinunterhängen und spürte eine zweite Hand, die die Karte nahm und gleichzeitig etwas in die noch gekrümmten Finger schob. Noch bevor er etwas sagen konnte, spürte er, dass die Person hinter ihm offensichtlich weg war. Er fuhr mit dem Ellenbogen der rechten Hand nach hinten und spürte nichts.

„Sind Sie noch da, hallo?“

Keine Antwort, also wagte Novak, sich umzudrehen. In der Tat war niemand um ihn herum zu erblicken, nur das laute Knacken der Tür neben dem Spielautomaten links von ihm lenkte seine Aufmerksamkeit auf ihn. Der Mann war doch glatt über den Notausgang verschwunden, ob es vielleicht ein Casinomitarbeiter war?

Das war Novak jetzt aber egal, vielmehr öffnete er die lockere Faust, nahm den kleinen Zettel, faltete ihn auf und las. Es war nur ein Vorname und ein Nachname, der dort stand, aber das reichte, um dem Journalisten ein halblautes Prekleto – verdammt – zu entlocken.

Jetzt hatte er den fehlenden Stein zum Schmugglerring, den Schlussstein, und die Veröffentlichung würde ordentlich Staub aufwirbeln, das wusste er sofort. Novak entschloss sich, gleich zu gehen, denn den Informanten zu suchen war erstens sinnlos und zweitens unnötig. Also verließ er das Casino um 18 Uhr 40, ging zum Parkplatz und fuhr mit vielen Gedanken und Ideen zum Abschluss seiner Geschichte nach Ljubljana.

20.

Majas Fahrweise war de Monte schon bei der letzten gemeinsamen Ausfahrt aufgefallen, aber diesmal schien es, als wollte sie noch einen Zahn zulegen. Die zwei Haarnadelkurven nach Untertarvis hatten schon gereicht, seinen Magen ernsthaft zu verstimmen. Er war froh, in der Bar neben der Dienststelle nur einen schnellen Espresso getrunken zu haben, denn sonst hätte es jetzt schnell zu einem Nothalt kommen können. Maja beobachtete ihn unbemerkt von der Seite und musste lächeln.

„Geht es dir nicht gut, mein lieber Kollege? Du siehst ein wenig blass aus!“

Das passt jetzt de Monte gar nicht, wollte er doch keine Schwäche zeigen und schon gar nicht in Anwesenheit seiner Kollegin Maja, die er durchaus attraktiv oder, wie er es seinen Freunden sagen würde, *interessant* fand. Da hatte jetzt eine Übelkeit im Cabrio so gar keinen Platz, weshalb er sich konzentrierte und sehr gefasst antwortete.

„Nein, bei mir ist alles klar, obwohl, bitte verstehe mich jetzt nicht falsch, Deine Fahrweise ist ehrlich gesagt etwas gewöhnungsbedürftig.“

„Weißt du, ich habe einmal einen Spezial-Fahrkurs bei unserer Sondereinheit absolviert, deshalb kannst du mir vertrauen, ich habe das Auto im Griff.

Genau in diesem Moment, als sie de Monte beruhigen wollte nahm sie die Unterführung beim Bahnhof Tarvisio Boscoverde mit deutlich höherer Geschwindigkeit als es de

Monte erwartet hatte. Diesen drückte es an die Fahrzeugtür, doch, weil es nun doch etwas dunkler war, konnte Maja seinen Kampf gegen die Fliehkräfte nicht wirklich sehen.

„Ist schon gut Maja, ich vertraue dir ja, und außerdem müssen wir ohnehin möglichst rasch nach Mojstrana kommen, um Vito Horvat zu befragen."

Wie wenn das eine Aufforderung gewesen wäre, gab Maja nochmals Gas, nahm sogar den Grenzübergang bei Rateče mit erhöhter Geschwindigkeit, winkte aber dabei ihren Kollegen, die dort den Verkehr beobachteten, freundlich zu, wurde auch von ihnen erkannt und weiter ging die Reise.

De Monte war richtig froh, als sie schließlich in Mojstrana ankamen. Nur die Veränderung vom Sitzen zum Stehen beim Aussteigen war noch eine kleine Herausforderung für die Magengegend, doch dann war er schon bereit.

Das Haus in der Triglavska Cesta machte einen ordentlichen Eindruck, schien aber die besten Jahre auch schon hinter sich zu haben. Die ganze Gegend wirkte eher bescheiden, Mojstrana als Ganzes beinahe irgendwie verlassen. Hier lebte also Vilko Horvat, der Schwager von Josef Jamnik, im Haus, das sein Vater erbaut hatte, so viel war den Ermittlern bereits bekannt. Dort war also auch Eva aufgewachsen, und de Monte konnte sich gut vorstellen, dass ihr der Umzug nach Kärnten zu Josef Jamnik durchaus nicht unangenehm war.

Maja hatte noch ihr Mobiltelefon zur Hand genommen und schien etwas zu lesen, als de Monte ihren Arm berührte und gleichzeitig mit der anderen Hand zur Hausecke zeigte.

„Maja, schau, da steht ein Geländewagen", sagte er halblaut. „Ich erinnere mich, dass der Jäger, der die Leiche von

Josef Jamnik gefunden hat, Hias Leitner heißt er, einen Geländewagen erwähnt hat. Der hätte ihn fast umgefahren, so schnell war der am Forstweg unterwegs. Vielleicht haben wir jetzt wirklich schon den Täter."

Instinktiv griff de Monte, während er das sagte, an seine linke Hüfte, wo er die Dienstwaffe trug. Maja warf ihm sofort einen ablehnenden Blick zu.

„Willst du jetzt gleich das Feuer eröffnen? Valentin, bitte beruhige dich, das ist jetzt einmal eine Befragung, nicht mehr und nicht weniger, und das soll es auch bleiben!"

De Monte stimmte ihr zu und wunderte sich selbst, warum er so überreagiert hatte, daran musste er noch arbeiten. Der Eingang zum Haus war hinten und, als sie gerade um die Ecke bogen, verließ gerade eine Frau das Gebäude.

„*Dober dan* – guten Tag! Ich bin Maja Vrbinc von der Polizei, das ist mein Kollege de Monte, ist Herr Vilko Horvat hier?"

„Was wollen Sie, hat er etwas ausgefressen? Würde mich ja nicht wundern, nehmen Sie ihn am besten gleich mit!"

Die Frau kreuzte die Hände, ein internationales Zeichen für das Anlegen von Handschellen und schien sich das geradezu zu wünschen.

„Sind Sie die Gattin von Herrn Horvat?", fragte Maja etwas zurückhaltend.

„Was denn sonst, außer mir ist niemand geblieben, die Kinder sind schon lange ausgezogen, diesen Kerl hält ja keiner aus, dabei tut er immer so unschuldig. Vilko, komm heraus, die Polizei ist hier, um dich abzuholen!"

Während sie sprach, hatte sie die Haustür geöffnet und rief den letzten Satz ins Stiegenhaus hinein. Einige Momente lang passierte einmal gar nichts, dann hörte man, wie sich eine Tür, die schon lange nicht mehr geölt wurde, öffnete. Die Schritte auf den Dielen waren gut hörbar und dann stand Vilko Horvat in der Tür, schmächtig, aber nicht zu dünn, mittelgroß, leicht angegrautes Haar, ein Typ wie viele andere, so Mitte Ende fünfzig.

„Was wollen Sie? Zeigen Sie mir zuerst einmal Ihre Ausweise!“

Horvat ließ sich von der Ankündigung seiner Frau nicht einschüchtern. Zu lange hatte er selbst bei diesem *Verein*, wie er die Polizei immer bezeichnet hatte, als verdeckter Ermittler gearbeitet, und wusste, was sie durften und was ebenso auf die Schnelle nicht möglich war.

„Guten Tag, Herr Horvat, Maja Vrbinc und Valentin de Monte vom Tirlateralen Polizeibüro in Thörl-Maglern, wir ermitteln in zwei Mordfällen und möchten Sie dazu befragen.“

De Monte hatte gesprochen, noch ehe Maja zu Wort kommen konnte, doch Vilko Horvat schien das nicht wirklich zu beeindrucken.

„Aha, ein Österreicher ermittelt in Slowenien, weit sind wir gekommen, wirklich weit!“

Horvat schüttelte den Kopf und drückte gleichzeitig mit seinem Gesichtsausdruck eine gewisse Verachtung aus.

„Wer sagt, dass wir ermitteln, Herr Horvat, wir wollen nur mit Ihnen über Ihren Schwager Josef Jamnik sprechen“, sagte Maja schnell und überraschte damit das Gegenüber.

„Der Sepp ist tot, was sollen wir über ihn sprechen. Tot ist tot und bleibt tot!“

Horvat hatte sich demonstrativ breit in die Tür gestellt, wie wenn er ausdrücken wollte, dass es bis hierher und nicht weiter ging für die Beamten.

„Herr Horvat, besitzen Sie eine Waffe?“, fragte de Monte ansatzlos, damit hatte Horvat nicht gerechnet.

„Nein, ich hatte einmal eine Dienstwaffe, aber die musste ich dann abgeben, es hat sich leider viel verändert bei uns, ist nicht mehr das Land, in dem ich aufgewachsen bin!“

Horvat schüttelte den Kopf und hatte gegen Ende des Satzes einen beinahe wehmütigen Ton angeschlagen. Das beeindruckte Maja aber gar nicht und sie fuhr gleich fort.

„Kennen Sie einen Herrn Marco Furlan, Weinbauer in Cormons in Italien?“

„Nein, noch nie gehört, wer ist das?“

Horvat hatte etwas zu schnell geantwortet, das war ihm selbst gar nicht aufgefallen, aber de Monte erkannte sofort, dass die Antwort einfach zu schnell gekommen war. Außerdem hatte Horvat, so meinte es der Ermittler gesehen zu haben, dabei nach rechts oben geblickt, woran man auch eine Lüge erkennen konnte. De Monte fasste sich gleich wieder, vor allem, weil gerade die Blickrichtung nach neuesten Erkenntnissen nicht zur Wahrheitsfindung herangezogen werden konnte, aber die schnelle Antwort war trotzdem ein Hinweis.

„Herr Furlan ist, oder vielmehr war, Weinbauer in Cormòns und ist ermordet worden. Der Täter hat eine Waffe aus dem ehemaligen Jugoslawien verwendet. Herr Horvat, wir wissen, dass Sie eine gewisse Zeit als verdeckter Ermittler gearbeitet haben, welche Waffe hatten Sie damals?“

Horvat blickte kurz auf, fixierte de Monte ganz kurz und blickte dann wieder zwischen Maja und de Monte auf das Waldstück an seiner Grundgrenze. Natürlich kannte er Marco Furlan und hatte ihn und sein Fahrzeug mit der Firmenaufschrift auch erst kürzlich am Faaker See gesehen, als er sich mit Jamnik und dem anderen Mann traf.

„Das ist lange her, aber damals hatten wir die Zastava M57, das war eine gute Waffe.“

„Und einen Geländewagen haben Sie auch, schon länger?“

„Ach, der ist alt, obwohl er noch sehr gut aussieht, ich mag ihn einfach, und werde ihn auch noch länger behalten.“

„Herr Horvat, dankeschön, das reicht vorerst einmal, bitte halten Sie sich zu unserer Verfügung, wir melden uns, sobald wir weitere Fragen haben, guten Tag!“

Maja drehte sich bereits um, als Horvats Frau noch einmal das Wort ergriff.

„Und, warum nehmen Sie ihn nicht mit, bei Ihnen wäre er gut aufgehoben und ich hätte endlich meine Ruhe, auf die Polizei ist auch kein Verlass mehr!“

Maja und Valentin waren bereits wieder an der Hausecke angelangt und schüttelten beide den Kopf. Einerseits war der Verdächtige entspannter, als sie es erwartet hatte, und andererseits erstaunte sie seine Gattin, die ihren Mann am liebsten gleich in Gewahrsam nehmen lassen wollte.

„Und, war er es oder war er es nicht?“, fragte Maja erst beim Einsteigen.

„Ich denke schon, aber das nachzuweisen, wird noch ein langer Weg werden und ich glaube, der entscheidende Hinweis fehlt uns noch. Und bitte fahre jetzt nicht mehr so stürmisch zurück, wir brauchen jetzt bitte Ruhe und Besonnenheit!“

Maja musste lächeln, denn in de Montes Worten erkannte sie eine höfliche Bitte und ein wenig Sorge zugleich, das gefiel ihr, denn schließlich liebte sie es, die Richtung vorzugeben, war aber durchaus auch kompromissbereit. „Ob Valentin im Privatleben auch so höflich sein kann?“

Jedenfalls wollte sie am Rückweg die zahlreichen Kurven nun doch etwas gefühlvoller nehmen, was so gar nicht ihre Art war. Maja überlegte noch, was nun Valentin in ihr ausgelöst hatte, als sein Diensthandy läutete.

„Ja, Maurizio, hier ist Valentin, was gibt's?"

De Monte schaltete den Lautsprecher ein, dass Maja das Gespräch mithören konnte.

„Ich bin auch da, Maurizio, hast du etwas Neues erfahren?"

„Hallo, ihr Lieben, ja, das kann man sagen. Ich habe gemeinsam mit meinen Kollegen den Fall Furlan auch wirtschaftlich bearbeitet, und jetzt kommt die Information: Er muss von irgendwoher Geld bekommen oder besser organisiert haben, wie wir sagen, denn der Weingarten, wo er seinen besten und teuersten Wein produziert, oder besser produziert hat, wurde mit Bargeld bezahlt, das haben wir aus sicherer Quelle erfahren. Und der Informant hat dann wie ein Wasserfall geredet und erzählt, dass Furlan vor etwas mehr als dreißig Jahren fast jede Woche mit einem Kleintransporter Wein weggebracht hat, der aber von anderen Personen gesteuert wurde, und dann wieder leer zurückgekommen ist. Jede Woche, ohne dass in den Steuerunterlagen irgendetwas vermerkt ist. Da sprechen wir von Schwarzgeld in der Höhe von mehreren Hunderttausend Euro aufwärts. Und jetzt kommt noch, wie sagt ihr in deutscher Sprache, das i-Tüpfelchen: Der Anrufer war sicher kein Italiener, auch kein Österreicher, er hat geklungen wie jemand aus Slowenien oder Kroatien. Dämmert da etwas bei euch?"

Maja und de Monte blickten sich an und sagten beinahe gleichzeitig: „Ja klar, Schmuggel!"

21.

Vilko ärgerte sich maßlos über den Besuch der Drei-Länder-Ermittler, denn genau damit hatte er nicht gerechnet. Und dass dann seine Frau auch noch so ein Theater macht, das war ihm beinahe zu viel. Trotzdem beschloss er, seinen Weg weiterzugehen, wie er es sich vorgenommen hatte, denn schließlich ging es ja auch um Geld. Geld, das, wie Vilko meinte, ihm zustehe wie eine späte Beteiligung an den *Geschäften*, wie sie damals die Schmuggelaktionen genannt hatten.

Und diesmal werde er sich nicht mit einem geringen Betrag abspeisen lassen, das war klar, sonst wird es der *dritte Mann*, wie er nun Milan Koren, den Präsidenten der slowenischen Handelsvereinigung nannte, auch zu spüren bekommen. Wichtig war nur, dass er nicht aufflog, und genau das befürchtete er jetzt aber nach dem Besuch der Ermittler.

„Vilko, wo bist du?“, rief seine Frau an der Haustür stehend.

„Ja hier, im Wohnzimmer, wo soll ich denn sonst sein, oder glaubst du, ich bin über den Balkon geflüchtet?“, antwortete Vilko mit jenem sarkastischen Unterton, den seine Frau an ihm so richtig hasste. Das war ihm aber herzlich egal, denn ihre Ehe war schon längst zu einer Zweckbeziehung geworden. Von Respekt, gegenseitiger Unterstützung oder gar Liebe war schon lange keine Rede mehr. Das kritisierte seine Gattin in letzter Zeit zwar immer öfter, doch Vilko sah darin alles andere als einen Handlungsbedarf, und außerdem hatte er jetzt ganz andere Sorgen, und konnte und wollte sich einfach nicht um seine Beziehung kümmern.

„Also hast du etwas ausgefressen, ich wusste ja, dass sie einmal kommen werden, nur schade, dass sie dich nicht gleich mitgenommen haben, du .... !“

Sie kam gar nicht dazu, ein Schimpfwort auszusprechen, denn plötzlich stand Vilko vor ihr, und offenbar drohte ihm gleich die Hand auszurutschen, weshalb sich seine bessere Hälfte einige Schritte nach hinten zurückzog, wo man sie von der Straße und den anderen Häusern sehen konnte. So fühlte sie sich ein wenig geschützt vor ihrem offensichtlich wild gewordenen Ehemann.

„Wenn du wüsstest, was ich weiß und was deshalb herauskommen wird, würdest du mich aber sowas von in Ruhe lassen und mir eher den Rücken freihalten, aber das erwarte ich mir ja gar nicht von dir, dafür fehlt dir einfach der Durchblick und noch einiges mehr!“

Vilko wartete gar nicht erst auf eine Antwort, sondern zog sich wieder ins Wohnzimmer zurück, wo er auf der Couch die *Grundstellung*, wie es seine Frau nannte, einnahm, sich also hinlegte, und die Beine auf zwei übereinander gelegten Polstern lagerte. Er musste noch einmal die Strategie überlegen, jeden weiteren Schritt durchdenken, denn notieren wollte er sich aus Sicherheitsgründen, dass etwa seine Frau den Zettel finden konnte, gar nichts.

Die ersten Schritte hatte er schon hinter sich, der letzte war jetzt die Information an den Journalisten, der sicher bald die Geschichte veröffentlichen wird, weil der Name des slowenischen Kopfes war ja das einzige fehlende Element in seiner Recherche, und jetzt könnte es schnell gehen. Vilko überlegte noch einmal, dann nahm er sein Mobiltelefon zur Hand – die Rufnummernerkennung hatte er bereits vor längerer Zeit deaktiviert – und suchte in den Kontakten den Eintrag *Milan Koren*. Er drückte den Wählknopf und wartete gespannt.

„Hallo, wer spricht?", meldete sich der Präsident der Handelsvereinigung.

„Das spielt jetzt keine Rolle, hören Sie mir einfach gut zu und tun Sie dann, was ich Ihnen sagen werde!"

Vilko war selbst erstaunt, wie ruhig er dabei blieb. Die Gegenseite hatte ja keine Chance, ihn in irgendeiner Form zu erkennen. Sie hatten sich in der Schmugglerzeit nie getroffen, nie direkt miteinander telefoniert und trotzdem gute Geschäfte gemacht. Für den Kopf waren die Geschäfte aber einfach besser als für jene, die viel riskierten, um die Waren zur oder über die grüne Grenze zu bringen, und deshalb musste jetzt Zahltag sein, zumindest für ihn, Vilko Horvat.

„Herr Koren, ich weiß, was Sie vor weit mehr als dreißig Jahren getan haben, ich weiß, dass Sie der Kopf der Schmugglerbande waren, die international zusammengearbeitet und Waren verschoben hat. Versuchen Sie erst gar nicht zu leugnen, und denken Sie an ihre Kollegen Furlan und Jamnik! Außerdem ist ein Journalist an der Geschichte dran, und der hat Sie ebenfalls schon im Visier, die Zeit drängt!"

Auf der anderen Seite herrschte zuerst Stille, dann antwortete Milan Koren mit belegter Stimme.

„Was wollen Sie, was sind Ihre Forderungen?"

Milan Koren antwortete knapp und klang trotzdem nicht so schockiert, wie Vilko es erwartet hatte. Der Grund dafür war vielleicht, dass Koren bereits wusste, dass der Journalist Novak an einer großen Geschichte dran war, in der es um eine Alpen-Adria-Schmuggelbande gehen sollte. Erfahren hatte er das vom Chefredakteur persönlich, mit dem er bei einem Presseempfang, der mehr der Vernetzung und Pflege von Kontakten als der Weitergabe von wichtigen Informationen diente und in dieser Form zweimal jährlich in der Hauptstadt Ljubljana stattfand, ins Gespräch kam. Eingeladen waren dazu alle wichtigen Medien, und dazu gehörte eben auch das Magazin *Resnica* – Wahrheit, wobei da immer der Chefredakteur persönlich erschien. Es war dann üblich, dass die anwesenden Journalisten in Einzelgesprächen an die Vertreter des Handelsverbandes herantraten, um sogenannte *Hintergrundgespräche* zu führen, in der Hoffnung, vielleicht doch etwas *Exklusives* zu erfahren oder vielleicht sogar eine Kooperation vereinbaren zu können. Milan Koren war sehr positiv gestimmt, bis ihn der Chefredakteur der *Wahrheit* von der Schmuggel-Geschichte, an der Novak dran war, erzählte. Er reagierte zurückhaltend, entschloss sich dann aber, in die Offensive zu gehen und vereinbarte sogar, dass sich der Journalist zu einem Gespräch bei ihm melden werde. Das fand dann auch statt, in seinem Büro natürlich, wo er sich sicher fühlte und alle Unterlagen zur Hand hatte. Der Präsident war erschüttert, was Janez Novak bereits wusste, schaffte es aber doch, ruhig zu bleiben, mit ihm zu reden und letztlich doch inhaltlich nichts Interessantes zu sagen. Allerdings wurde ihm mit jedem Satz klar, dass jetzt Handlungsbedarf bestand, was die Ereignisse der nächsten Zeit dann bestätigten.

Vilko Horvat hatte bereits gesprochen, während Milan Koren noch in seine Gedanken versunken war, sodass er dann den Anrufer unterbrach und zum Wiederholen seiner Forderungen aufforderte.

„Was wollen Sie jetzt, fangen Sie noch einmal an!"

„Ja sagen Sie einmal, sind Sie noch ganz bei Trost, Sie hören mir nicht einmal ordentlich zu. Seien Sie froh, dass ich das Telefonat nicht gleich beende, denn dann sind Sie geliefert, dann können Sie schon ihr schönes Büro räumen, denn wenn bekannt wird, dass der Präsident der Handelsvereinigung von ganz Slowenien der Chef einer internationalen Schmugglerbande war, kommen Sie zwar nicht ins Gefängnis, aber die Blamage kostet Ihnen mindestens ihr Amt, Ihren Ruf und sehr viel Geld. Und davon will ich meinen Anteil. Bereiten Sie fünfhunderttausend Euro vor, in gebrauchten, nicht fortlaufend nummerierten Scheinen, kein Schein darf größer als einhundert Euro sein, und von solchen auch nur maximal im Wert von einhunderttausend Euro, verstanden?"

Vilko Horvat war über sich selbst erstaunt. Solche präzisen Anweisungen waren gar nicht seine Stärke, aber, wie sagte er so oft, man wächst halt mit der Aufgabe.

Milan Koren war schockiert, denn wie sollte er in kurzer Zeit fünfhunderttausend Euro in kleineren Scheinen auftreiben, blieb aber trotzdem ruhig, denn instinktiv wusste er, dass es da kein Verhandeln geben konnte.

„Bitte, ich brauche Zeit, so einfach geht das nicht, eine solche Summe in kleinen Scheinen zu bekommen, das wird schon ein paar Tage dauern, wie kann ich Sie erreichen?"

„Sie können mich gar nicht erreichen, ich werde Sie erreichen. Aber beeilen Sie sich, die Zeit drängt, und wenn

Sie etwas falsch machen, ist ihre Zeit rascher abgelaufen, als Sie es jemals befürchten würden, guten Tag!"

Vilko Horvat wollte gar keine Antwort mehr hören, denn sein Zeit- und Aktionsplan stand ja ohnehin bereits fest und war minutiös eingetaktet. Das hatte er schon bei seinen Kursen als verdeckter Ermittler gelernt, nämlich, dass man nichts dem Zufall überlassen sollte, dass die Basis jedes Plans die Zeitachse sein sollte, und so verhielt er sich nun auch.

Dass auf der anderen Seite Milan Koren ebenso einen Plan schmiedete, konnte Vilko vermuten, aber nicht wissen. Und schon gar nicht wissen konnte er, dass nicht nur er in diesem Plan eine Rolle spielte, sondern mehr Personen beteiligt waren und Milan Koren ebenso eine Zeitachse entwarf. Und dieser Plan folgte so gar nicht dem Verhaltensmuster eines Erpressungsopfers, denn Milan Koren hatte beschlossen, die Opferrolle zu ignorieren, was nur durch gezielte Aktivitäten gelingen konnte.

22.

Diesmal war Valentin de Monte wesentlich besser gelaunt als beim letzten Besuch in Bled. Er kannte Maja schon und wusste, dass eine Unterhaltung mit ihr nicht nur beruflich interessant, sondern auch persönlich anregend war. Als er wieder vom Parkplatz des *Hotel Park* – der Schranken war offen gewesen und er hatte bei der Gegensprechanlage gar nicht erst gehalten – die paar Schritte zur *Kavarna* mit Blick auf den See, die Insel mit der Kirche und die Burg ging, läutete wieder einmal sein privates Mobiltelefon. De Monte hat direkt ein schlechtes Gewissen, denn gerade in dem Moment, als er über Maja auch aus persönlicher Sicht nachdachte, rief seine Lebenspartnerin Iris an.

„Liebster, wie geht es dir, ich vermisse dich so, und ein kurzes Telefonat mit dir tut so gut. Was machst du gerade?"

Jetzt war de Monte alles andere als begeistert, denn lügen wollte er nicht und einfach so erzählen, dass er gerade eine Kollegin an einem romantischen Ort – Iris kannte natürlich Bled und die *Kavarna Park* und den Blick auf den See und vor allem die Kirche auf der Insel – treffen sollte, war ihm gar nicht recht.

„Es klingt vielleicht komisch, aber ich bin gerade in Bled und wir haben hier eine Besprechung zu unseren aktuellen Fällen, denn die Kommandantin hier beteiligt sich ebenfalls an den Ermittlungen."

„Ah, Katja Gornik, ich kenne die Kommandantin aus Bled, wir haben einmal bei einem internationalen

Vernetzungstreffen miteinander gesprochen. Bitte grüße sie von mir, falls sie auch dabei ist. Maja Vrbinc kannst du auch gerne grüßen, unbekannterweise unter Kolleginnen halt!“

De Monte war erstaunt, wie locker Iris alles nahm, und erkannte darin auch, wie schräg er eigentlich dachte, denn es war ja wirklich nichts dahinter, wenn er eine Kollegin zu einer dienstlichen Besprechung traf, egal wo. Es kommt eben immer auf die Betrachtungsweise an, oder auf die *Neben-Gedanken*, schämte sich Valentin gerade ein wenig.

„Sehr gerne, mein Schatz, geht es dir gut in Quantico, wie läuft der Kurs?

„Hervorragend, einfach super, was wir alles lernen, und welche Einblicke in modernste Ermittlungstechnik wir hier bekommen. Und jetzt das Beste: Ich kann mich, auch wenn ich wieder zu Hause bin, jederzeit bei den Kollegen in den USA melden, wenn wir mit den uns zur Verfügung stehenden Methoden nicht mehr weiterkommen, und sie helfen mir gerne. Ist das nicht wunderbar?“

„Ja, das ist es in der Tat, habt ihr die Fotos und Videos schon mit dem neuen Programm bearbeitet?“

„Valentin, ich sage dir, dass ist der Hammer. Das Programm ist in der Lage, das winzigste Detail, so wie die berühmte Stecknadel im Heuhaufen, glasklar darzustellen, auch wenn du auf dem Original kaum etwas erkennen kannst. Das ist ein derartiger Schritt nach vorne, von dem wir in unserer Dienststelle momentan nur träumen konnten, doch jetzt habe ich ja die entscheidenden Kontakte.“

„Da frage ich mich nur, ob so ein Beweis dann vor einem österreichischen Gericht überhaupt anerkannt oder zuerst einmal überhaupt zugelassen wird.“

„Genau darauf habe ich gewartet, dass du schon wieder meine Arbeit in Zweifel ziehst, das ist nicht in Ordnung, mein bester Valentin!“

Der Klang ihrer Stimme war jetzt deutlich verändert und Valentin wusste, dass er wieder einmal einen Schritt zu weit gegangen war, denn das vertrug Iris gar nicht.

„Oh, das tut mir leid, das habe ich nicht so gemeint!“

„Aber so gesagt, mein Lieber, du hast es wie immer so gesagt, wirst wohl ein wenig neidisch sein, dass ich halt weiterkomme.“

„Ganz im Gegenteil, Iris, ich bin stolz auf dich, sehr stolz sogar!“

De Monte versuchte nun, mit einem versöhnlichen Ton einzulenken, was ihm diesmal zum Glück gelang. Möglicherweise war das aber auch dem Umstand geschuldet, dass Iris selbst mit ihren Kollegen gerade bei einem Kaffee saß und sich jetzt mit ihnen weiterunterhalten wollte, was er aber nicht wissen konnte.

„Das freut mich ja, aber bitte versuche halt nicht immer, meine Leistungen klein zu machen. Und wer weiß, vielleicht kann ich dich ja auch einmal damit unterstützen. So, jetzt muss ich wieder weiter, *Quantico over and out*, oder wie sagt es euer Chef immer, *Iris Ende*, mit einem Bussi natürlich!“

„Bussi zurück, alles Gute, mein Schatz, wir hören uns!“

De Monte stand schon geraume Zeit auf der Terrasse der *Kavarna Park* und sah in dem Moment, als er das Handy vom Ohr nahm, dass Maja ihm von einem Tisch ganz vorne ziemlich heftig zuwinkte. Er winkte zurück und beeilte sich, zu ihr zu gelangen.

„*Pozdravljem* – ich grüße dich, liebe Maja, bitte entschuldige, aber ich musste noch ein dringendes Telefonat führen!"

„*Lep pozdrav* – begrüße, da war sicher deine Iris dran, das habe ich sogar auf diese Entfernung gesehen, habe ich recht?"

De Monte war erstaunt und ein wenig beleidigt zugleich. Was ging Maja sein Privatleben an, und mit wem er telefonierte, konnte ihr wirklich egal sein. Oder war das doch nicht der Fall und hatte sie eventuell sogar andere Interessen? De Monte erschrak über sein beinahe schräges Denken, fasste sich und unterhielt sich weiter.

„Ja, es war Iris und sie hat mir von ihrem Kurs erzählt, und dass sie gerade ein Programm zur Bild- und Video-Optimierung kennenlernen, das sensationell sein sollte. Und Deine Kommandantin Katja kennt sie auch, wir sind also alle vernetzt."

„Na fein, dann können wir ja loslegen. Und apropos vernetzt, das bringt uns gleich zu unseren Fällen, denn, nach neuesten Erkenntnissen, gibt es da durchaus einige interessante Querverbindungen. Also, Maurizio hat mitgeteilt, dass die Untersuchung des Mobiltelefons von Marco Furlan ergeben hat, dass er nicht nur die Handynummer von Josef Jamnik gespeichert, sondern auch mit ihm Kontakt hatte. Es sind mehrere Telefonate nachweisbar, Nachrichten haben sich die beiden nicht geschrieben. Und dann wäre da noch Vilko Horvat, dessen Nummer zwar nicht auf Furlans Handy gespeichert ist, aber Jamnik hat ihm diese Nummer per SMS-Nachricht geschickt. Du siehst also, irgendwie hängt das alles zusammen, wir wissen nur noch nicht wie."

De Monte war erstaunt und erfreut zugleich, denn nun nahm der Fall Gestalt an, es wurde spannend.

„Wir können also davon ausgehen, dass wir es nicht einfach mit zwei Mordfällen zu tun haben, sondern es Verbindungen gibt, die vermuten lassen, dass vielleicht sogar ein einziger Täter für beide Morde infrage kommt. Gibt es noch mehr Erkenntnisse?"

In diesem Moment läutete Majas Mobiltelefon, sie hielt das Display so, dass de Monte sehen konnte, dass ihr italienischer Kollege Maurizio Trevestan anrief.

„Hallo Maurizio, ich sitze gerade mit Valentin in Bled zusammen, warte, ich stelle das Telefon auf laut, dann können wir uns zu dritt unterhalten!"

Maja blickte sich einmal kurz um, es waren aber nur wenige Gäste auf der Terrasse der *Kavarna Park* und der Tisch neben ihr und Valentin war unbesetzt. Das bedeutete, dass es in Ordnung war, dieses dienstliche Gespräch gleich hier zu führen.

„Ciao Maja und Valentin, es gibt wieder Neuigkeiten. Wir treffen uns zwar nicht so oft, dafür habe ich aber interessante Details für euch. Also, wir vermuten, dass es sich da auch um wirtschaftliche Verstrickungen handelt. Allerdings scheinen das Verbindungen zu sein, die praktisch schon verjährt, aber durchaus interessant sind. Marco Furlan dürfte eine größere Menge an Schwarzgeld angehäuft haben, und das stammt mit anzunehmender Sicherheit nicht aus illegalen Verkäufen in Italien. Wir haben einmal die gesamte Gebarung durchforstet und da sind wir draufgekommen, dass er seinen besten Weingarten, wo er seinen Spitzenwein produziert, mit Geld gekauft hat, dass nirgendwo aufscheint. Das brachte uns zu dem Verkäufer der Rebfläche und der, wir mussten natürlich ein wenig schärfer mit ihm umgehen, hat dann zugegeben, dass Furlan den Betrag, und er war beachtlich, mit Bargeld beglichen hat. Das wäre ja noch nicht so schlimm gewesen, aber bei der Durchsuchung seines Büros sind wir dann auf Listen gestoßen, die den Verdacht bestätigt haben. Er hat Wein nach Österreich, besser gesagt nach Kärnten geschmuggelt und jetzt dürft ihr raten, wer auf den Listen als sozusagen *Geschäftspartner* aufscheint."

„Josef Jamnik", sagten Maja und Valentin praktisch zeitgleich, sahen sich dabei erstaunt, aber irgendwie auch zufrieden an.

„Wir haben es da also mit einer Schmugglervereinigung zu tun. Die Frage ist nun, welche Rolle spielt dabei Vilko Horvat. Vielleicht war der ja der slowenische Teil der Bande, immerhin ist, oder besser war, er ja der Schwager von Jamnik!"

Maja war wieder einmal viel schneller in der Reaktion als de Monte, der zwar sprechen wollte, dazu aber gar nicht die Chance bekam. Dazu kam noch, dass jetzt auch die Kellnerin neben ihnen stand und die Bestellung aufnehmen wollte. De Monte orderte schnell zwei Cappuccino und schon ging die dienstliche Unterhaltung weiter.

„Maurizio, habt ihr eine Verbindung oder besser einen Hinweis auf einen slowenischen Teil dieser Schmuggler feststellen können?"

„Gut, die Verbindung zwischen Jamnik und Horvat ist klar, aber eben über die Ehe von Jamnik mit Horvats Schwester, auf der Liste von Furlan scheint Horvat jedenfalls nicht auf."

Maurizio hatte es auf den Punkt gebracht, Maja und de Monte nickten zustimmend. Irgendwie war es auch klar, denn Wein nach Slowenien oder vielmehr ins ehemalige Jugoslawien zu schmuggeln, kam eher nicht in Betracht. Ganz auszuschließen war es aber auch nicht, und natürlich konnte es ja auch sein, dass Waren in die Gegenrichtung, also von Jugoslawien und auch vom späteren Slowenien, das ja erst 2004 der EU beitrat, nach Italien oder Österreich verschoben wurden. Fragen über Fragen, die sich jetzt auftaten und beantwortet werden mussten. Maurizio kam aber gleich mit der nächsten Überraschung.

„Nun, eine Schmuggelverbindung nach Slowenien können wir momentan nicht beweisen, aber es gibt eine andere Spur. Marco Furlan hatte offenbar den Drang, alles zu dokumentieren, was gut für uns, aber vielleicht schlecht für ihn war. Er hatte Kontakt mit einem slowenischen Journalisten. Der heißt Janez Novak und schreibt für ein Magazin, moment, ich muss noch einmal nachsehen, wie das genau heißt. Ach ja, hier ist es: es heißt *Resnica*, Maja kennst du das?"

„Natürlich, das bedeutet *Wahrheit* und ist so eine Art Aufdecker-Magazin. Janez Novak kennen ich zwar nicht persönlich, er ist aber in den letzten Jahren mit einigen brisanten Geschichten aufgefallen. Obwohl, in letzter Zeit war es ruhig um ihn. Hat Furlan aufgeschrieben, was Novak von ihm wollte?"

„Nein, da haben wir nichts dazu gefunden. Es dürfte aber mehrere Kontakte gegeben haben, so viel ist sicher."

„Gut, danke, Maurizio, das sind ja sensationelle Erkenntnisse, jetzt müssen wir nur noch Ordnung hineinbringen. Die Rolle von Vilko Horvat können wir nur durch eine weitere Befragung klären, und außerdem müssen wir uns im Umfeld von Josef Jamnik noch einmal umschauen. Die heißeste Spur ist aber dieser Journalist Janez Novak, vielleicht ist der ja der Schlüssel zu der Lösung."

De Monte hatte fast zu laut gesprochen und Maja hatte ihn durch sanftes Klopfen auf seinen Unterarm darauf aufmerksam gemacht. Den letzten Satz hatte er deshalb bereits leiser gesprochen, Maurizio dürfte aber trotzdem alles gehört haben.

„Gut, ihr Lieben, ich bleibe hier in Cormòns dran, vielleicht finden wir ja noch etwas. Ihr könnt dann in Richtung Horvat und Novak weitermachen, aber ich denke, ihr sollt jetzt auf jeden Fall zu zweit agieren, denn, wer weiß, ob ihr es nicht bald mit dem Täter zu tun habt. Oder vielleicht gibt es sogar zwei Täter, wer weiß?"

„Danke, Maurizio, so machen wir das, und halte uns bitte auf dem Laufenden, wir melden uns natürlich auch, wenn es neue Erkenntnisse gibt!"

„Ciao, Maurizio, bis bald!"

Maja hatte mit der Verabschiedung also das Schlusswort, legte auf und sah de Monte fragend an. Der legte gleich los.

„Ich glaube, wir sind der Lösung näher als gerade noch erwartet, jetzt dürfen wir nur keinen Fehler machen. Maja, kannst du bitte zu Janez Novak Hintergrundinformationen beschaffen, das bringt uns sicher weiter. Ich werde noch einmal im Umfeld von Josef Jamnik nachfragen und dann nehmen wir uns gemeinsam Vilko Horvat oder eben Janez Novak vor. Schauen wir einmal, um wen sich der Verdacht eher verdichtet, einverstanden?"

„Verstanden, lieber Valentin, gut zusammengefasst, so gehen wir das an, aber, wie Maurizio es gesagt hat, auf keinen Fall mehr einen Einzelkontakt zu den verdächtigen Personen, das ist wichtig!“

Maja erhob sich mit diesen Worten von ihrem Stuhl, während de Monte der Kellnerin ein Zeichen gab, die beiden Getränke bar bezahlte und ihr zum Ausgang nachging. Die beiden verabschiedeten sich freundlich, obwohl de Monte es gerne ein wenig vertrauter gehabt hätte, vielleicht mit einer Umarmung. Doch das war offenbar nicht drin, momentan zumindest, dachte sich der Kommissar, als er schon auf dem Weg zu seinem Dienstfahrzeug war.

23.

Janez Novak konnte es noch immer nicht glauben und hielt den Zettel, den ihm der Informant zugesteckt hatte, fest in seiner Hand. Des Rätsels Lösung stand drauf und er war beruflich gerettet. Nun konnte er wieder Forderungen stellen, musste vor dem Chefredakteur nicht immer kuschen. Zuerst die Geschichte fertigschreiben, dann abgeben, die Veröffentlichung abwarten und dann Gehaltsverhandlungen führen. So stellte sich Novak seine Zukunft durchaus rosig vor, und war sich sicher, dass die nächste Geschichte dann nicht lange auf sich warten würde lassen. Es war geradezu eine Tradition, dass nach der Veröffentlichung einer Aufdeckergeschichte gleich Hinweise auf eine weitere Story dieser Art folgten. Diese Hinweise kamen immer anonym und waren manchmal sogar recht konkret. Das ließ die zweitausend Euro für den Informanten deshalb wie ein Trinkgeld erscheinen, denn jetzt war alles anders.

Novak setzte sich in seiner Küche hin, schenkte sich ein Glas Wein ein und ging gedanklich noch einmal alles durch. Bald erkannte er, dass die Gedankenspiele fast etwas zu kompliziert waren, nahm das Weinglas und ging ins Wohnzimmer, wo er sich auch seinen Arbeitsplatz eingerichtet hatte. Er rückte den Kasten weg, nahm den Bogen Papier in Plakatgröße, den er mit Klebeband auf der Rückwand des Kastens befestigt hatte, herunter und breitete ihn auf seinem Schreibtisch aus. Endlich war er so weit, griff nach einem der zahlreichen Stifte, die er immer in einem

Trinkglas hortete, und machte sich daran, das Werk zu finalisieren.

„Österreich erledigt, Italien erledigt, Slowenien, oder besser Jugoslawien und Slowenien, jetzt gleich erledigt", dachte sich der Journalist und blickte noch einmal auf den Zettel, den er noch immer fest in seiner linken Hand hielt. Er setzte den Stift an, wollte den Namen hinschreiben, kam aber nicht weit, denn der Stift verweigerte den Dienst.

„Typisch, immer wenn man diese Teile dringend braucht, funktionieren sie nicht, das war immer so und wird auch immer so bleiben", dachte er sich fast mit einem Lächeln und griff zum Trinkglas, um einen anderen Schreibstift zu nehmen.

In diesem Moment läutete seine Türglocke, nur einmal und das eher kurz.

„Werden wohl wieder die Kinder unten bei der Haustür spielen, die machen sich einen Spaß daraus, einfach irgendeinen Klingelknopf zu drücken und dann abzuwarten, was passiert. Die erwische ich schon einmal", dachte sich Novak und zog einen Stift aus dem Trinkglas. Es läutete jetzt aber wieder, und diesmal etwas länger, durchaus so, wie wenn wirklich jemand an der Tür war.

Janez Novak reagierte nun schnell. Er steckte den Stift zurück ins Trinkglas, nahm den Papierbogen, die Klebestreifen waren ja noch dran, und befestigte ihn wieder an der Rückseite des Kastens. Bevor er den letzten Klebestreifen andrückte, schob er noch den Zettel des Informanten darunter, sodass dieser nun auch an einem sicheren Ort verwahrt war.

Nun ging er hinaus in den Flur seiner kleinen Wohnung, nahm den Hörer der Gegensprechanlage aus der Halterung und melde sich.

„Hallo, Janez Novak, wer ist da?"

In diesem Moment läutete es noch einmal, gefolgt von einem dreimaligen Klopfen an seiner Wohnungstür. Es stand also jemand schon vor der Tür. Novak ging hin und sperrte auf. Die Chance, durch einen Türspion zu sehen, wer davorstand, hatte er nicht, denn keine einzige Tür in den einfachen Plattenbauten an der Stadteinfahrt von Ljubljana hatte einen solchen.

Novak öffnete die Tür gleich mit Schwung, sah der Person, die draußen stand, zuerst in die Augen, und blickte dann schräg nach unten. Was er dort sah, ließ ihn erstarren. Er wollte so viel sagen, brachte aber fast gar nichts heraus.

„Äh, ja, bitte, ich kenne Sie, was …"

Mehr war es nicht, dann drückte die Person mit der Waffe in der Hand ab. Es war nur ein halblautes Zischen, das die Zastava M57 abgab, als das Projektil den Lauf verließ. Der Schalldämpfer erfüllte seine Aufgabe, auch beim zweiten und beim dritten Schuss.

Novak riss die Augen auf. Es war eine Schockreaktion, nicht mehr eine bewusste Handlung, denn das Leben hatte bereits seinen Körper verlassen. Der Mörder reagierte jetzt blitzschnell. Er trat einen Schritt vor, drückte seine Hand gegen den Brustkorb von Novak, der bereits zu atmen aufgehört hatte und verhinderte so, dass der Körper nach vorne fiel. Der Journalist sackte nach hinten zusammen, lag ausgestreckt im Flur seiner Wohnung und gab keine Lebenszeichen mehr von sich. Der Täter wollte an ihm vorüber und die Wohnung betreten, als er aus dem Flur eine Stimme hörte.

„Herr Novak, ist alles in Ordnung, ich habe etwas gehört, passt alles?"

Der Mörder drehte sich um und ging wieder zur Tür und blickte hinaus. Schräg gegenüber, zwei Türen weiter, sah er eine Person im Rollstuhl zu ihm her blicken.

„Es ist alles gut, ich hole nur etwas ab bei Herrn Novak, er ist gerade dabei, das zu holen. Also, kein Problem, danke!"

Die Person im Rollstuhl war offenbar zufrieden, sagte auch nichts mehr, sondern deutete nur mit einem Daumen nach oben das Verständnis an.

Dass der Mörder selbst in höchster Aufregung war, konnte die aufmerksame Nachbarin nicht erkennen, denn der hatte sich bereits umgedreht und wieder die Wohnung betreten. Ursprünglich wollte er sie ja durchsuchen und etwaige Spuren, die auf ihn hinweisen konnten, vernichten oder zumindest an sich nehmen, doch das war ihm jetzt zu riskant. Nach einem kurzen Rundblick, bei dem er den Schlüsselbund an einem Haken im Flur erkannte hatte, beschloss er, diesen an sich zu nehmen und in vielleicht zwei Stunden wieder zu kommen. Er vergewisserte sich noch, dass Novak wirklich tot war, durchsuchte schnell seine Bekleidung, fand aber nichts, ging hinaus und verließ den Tatort. Um bei der Nachbarin keinen weiteren Verdacht auszulösen, verabschiedete er sich noch so laut von Janez Novak, dass sie es hören musste, schloss die Tür und verschwand über die Treppe, denn mit dem Lift zu fahren, war ihm zu riskant.

24.

Die Fahrt nach Ebene Reichenau war für Valentin de Monte eine angenehme Gelegenheit, wieder einmal durchs Land zu fahren und die Schönheit Kärntens zu genießen. Von der Dienststelle in Thörl-Maglern hatte er gleich kurz vor Arnoldstein die Autobahn genommen, war beim Kreuz Villach in Richtung Salzburg abgebogen, um dann bei der Ausfahrt *Ossiacher See* die *A10* zu verlassen und die Bundesstraße nach Feldkirchen zu nehmen. Er hatte eine gute Zeit erwischt und es war nicht viel los, denn de Monte kannte die Situation auf der Bundesstraße, wenn in der Hauptsaison unzählige Urlauberfahrzeuge ein zügiges Fortkommen unmöglich machten. Beim *Seespitz* landete gerade ein Tandem-Paragleiter, der sicher auf der Gerlitzen gestartet war. Iris hatte ihm schon so oft vorgeschlagen, auch einmal dieses Vergnügen auszuprobieren, aber Valentin war das viel zu riskant, und weil er um seine Liebste fürchtete, versuchte er dann immer, das Gespräch in eine andere Richtung zu lenken, um nicht in den zweifelhaften Genuss eines Tandemflugs zu kommen. Gleichwohl kannte er Iris mittlerweile gut genug, dass ihm klar, dass dieser Flug nur mehr eine Frage der Zeit war. Während er so in Gedanken schwelgte und sich ausmalte, vielleicht kurz zuvor dringend einer dienstlichen Verpflichtung nachkommen zu müssen, läutete sein Diensthandy. De Monte drückte den Knopf am Lenkrad und meldete sich.

„Kommissar de Monte, wer spricht?“

„Grüß Gott, Herr Inspektor, hier ist der Hias Leitner, vulgo *Unterer Tschlatscher*, wir haben ja heute einen Termin, aber ich habe vergessen, wann das ist, tut mir leid!“

„Ja, begrüße Sie, Herr Tschlatscher …“

„Leitner, Herr Inspektor, ich heiße Leitner, beim Haus heißt es bei uns *Unterer Tschlatscher*, bitteschön!“

„Ja genau, Herr Leitner, und ich bin Kommissar, nicht Inspektor, jetzt kennen wir uns aus. Um zehn Uhr, also in einer Dreiviertelstunde, bin ich bei Ihnen in Ebene Reichenau, wie vereinbart!“

„Jawohl, verstanden, Herr Kommissar, zehn Uhr, ich bin eh zu Hause, danke, auf Wiederhören!“

Bevor de Monte noch etwas sagen konnte, hatte Mathias Leitner schon aufgelegt und die Dienstfahrt ging weiter. Dabei hätte er noch gerne, ganz nach der Tradition seines Chefinspektors Hausmann, ein *De Monte Ende* loswerden wollen.

Bis Feldkirchen war es nicht weit und die Fahrt entlang des Ossiacher Sees letztlich doch weniger flüssig als erhofft. Die Lieferfahrzeuge der großen Handelsketten, der Molkerei und zwei Holz-LKW hatten jeweils kleine Kolonnen hinter sich gebildet, und die B94, die Ossiacher Straße, schlängelte sich so durch die Orte am See, dass ein Überholen praktisch unmöglich war. Also musste sich Kommissar de Monte in Geduld üben und konnte noch einmal die Details seiner Fälle durchgehen.

Mit dem Mordopfer Josef Jamnik hatte der Reigen begonnen. Danach folgte Winzer Marco Furlan, und es gab einen Verdächtigen, Vilko Horvat, den Schwager des ersten Opfers. So kompliziert war der Fall eigentlich gar nicht, jetzt galt es nur mehr, die Details zusammenzutragen und

Beweise zu sammeln, dann könnte sich die Lösung relativ rasch ergeben. Mathias Leitner wollte noch etwas zum Fall beitragen, deshalb hatte er sich bei de Monte gemeldet, der daraufhin ein persönliches Gespräch dem Telefonat vorzog. Vielleicht brachte ja er den entscheidenden Hinweis.

De Monte war gut unterwegs, denn ab Feldkirchen ging es nun flüssiger weiter. In Pichlern dachte er an Jamnik, der hier gewohnt hatte, fuhr weiter nach Himmelberg und dann hinauf auf die Prekowa. Links unterhalb der B95, der Turracher Straße, erblickte er den bekannten Forellenhof, wo er schon als Kind mit den Eltern ein paar Mal war. Mit Iris hatte er es noch nicht hierhergeschafft, aber geplant war es, allerdings nicht in Verbindung mit einem Tandem-Paragleitflug, ganz sicher nicht. De Monte musste über seine Gedanken schmunzeln, gab ordentlich Gas und kam dann über Gnesau und Patergassen nach Ebene Reichenau. Zum *Unteren Tschlatscher* ging es dann noch recht steil nach oben. Fast hätte de Monte die schmale Abfahrt von der Straße, die zum *Oberen Tschlatscher* führt, versäumt, aber Hias Leitner hatte bereits dort gewartet und kräftig gewunken. De Monte blieb stehen und ließ die Seitenscheibe herunter.

„Grüß Gott, Herr Leitner, Sie regeln hier offensichtlich auch den Verkehr!"

„Grüß Gott, Herr Kommissar, ich bin nur deshalb heraufgegangen, weil unser Nachbar, der *Obere Tschlatscher*, hat vor zwei Monaten das Schild, das zu unserem Hof weist, mit seinem Pflug, den er am Traktor hinten dran hatte, abgerissen. Wird er wohl wieder *fett* gewesen sein, der Anton, wenn er so knapp an den Rand fährt, aber was sollst machen. Kann ich mit Ihnen bis zum Hof mitfahren?"

„Ja, natürlich, steigen Sie nur ein“, sagte de Monte und bereute die Aufforderung gleich wieder, denn Hias Leitner dürfte vorher beim Vieh gewesen sein, denn das Dienstauto füllte sich sofort mit massivem Stall- und Mistgeruch, den de Monte auch aus seiner Kindheit noch gut kannte. Er öffnete die beiden vorderen Scheiben, so war das recht gut auszuhalten und die gut zweihundert Meter bis zum Hof waren jetzt auch nicht die Welt.

Kurze Zeit später saßen die beiden auf der Terrasse mit herrlichem Ausblick auf das Tal und die Nockberge rundherum, ein kleines Paradies, wäre da nicht die harte Arbeit als Bergbauer, aber das war jetzt ja nicht das Thema.

„Gut, Herr Leitner, was wollten Sie mir noch erzählen?“

„Ja, also, wie soll ich das sagen, man redet ja nicht schlecht über einen Toten, und schon gar nicht, wenn er so ein guter Freund und Jagdkollege war.“

„Sie wollen mir also etwas über den Herrn Jamnik erzählen, was denn, bittschön?“

„Ja, der Herr Jamnik, also der Sepp, der war schon auch ein Angeber, der hat sich oft ganz schön wichtig gemacht, was er so hat und was er ist.“

„Konkreter, Herr Leitner, bitte etwas konkreter, damit können wir wenig anfangen!“

„Also einmal war es ganz arg. Da sind wir bei seiner Hütte gesessen, er hat in der Früh einen guten Rehbock erlegt, und wir haben ein wenig gefeiert, das ist halt so Brauch. Und, was soll ich sagen, es ist halt recht *feucht* hergegangen, so mit Bier und ein paar Stamperln. Der Sepp ist immer gesprächiger geworden und hat begonnen, anzugeben, was er alles hat. Und dann hat er mir in seinem Rausch plötzlich erzählt, wie er eigentlich zu der Jagd gekommen ist, dass er alles bar gezahlt hat und dass das alles *schwarzes Geld* war. Ich war viel besser beisammen als er, weil ich nicht so viel getrunken hab, und dann wissen wollte, wie er zu dem Geld gekommen ist. So, Herr Kommissar, und jetzt passen Sie auf, was er gesagt hat. Dass dieses Geld praktisch über die Grenze gekommen ist, dass er aus Wein, der als Schwefelwasser getarnt war, *Kohle* gemacht hat, so viel, wie ich gar nicht verbrauchen könnte. Und zum Schluss hat er gesagt, dass er der *Schmugglerkönig* war. Dann hat er noch zwei Stamperln getrunken und ist kurze Zeit später vom Sessel gefallen. Ich hab ihn dann in die Hütte gezerrt und niedergelegt. Am nächsten Tag hat er gar nichts mehr von allem gewusst und ich habe auch nichts gesagt. Niemandem hätte ich etwas erzählt, aber jetzt, weil der Sepp tot ist, muss ich das einfach loswerden."

De Monte hatte dem Bauern aufmerksam zugehört und seine Überraschung gut verborgen. Jetzt hatte er den Beweis, dass hier internationale Verbindungen herrschten. Von Hias Leitner hatte er genug gehört, dieser musste nur noch einmal zur Protokollaufnahme ins Trilaterale Büro nach Thörl-Maglern kommen, oder, wenn es die Zeit erlaubte, er könnte sich mit ihm in der Polizeinspektion in Patergassen treffen, wollte aber eher verhindern, dass die Information zum Ortsgespräch wird.

„Dankeschön, Herr Leitner, das ist nun wirklich eine wichtige Information. Ich nehme das jetzt einmal so auf und melde mich noch bei Ihnen, weil wir müssen das auch zu Protokoll nehmen, aber das schaffen wir schon."

De Monte stand auf und streckte Leitner die Hand zur Verabschiedung entgegen. Der erwiderte den Gruß, stand ebenfalls auf und begleitete de Monte nach draußen.

„Ja, werde ich jetzt Probleme bekommen, weil ich das nicht schon zu Lebzeiten vom Sepp gemeldet habe?“

„Nein, Herr Leitner, das Schmuggeln, was es offenbar war, ist ja schon verjährt, da müssen Sie sich keine Sorgen machen!“

Der Bauer wirkte jetzt sehr erleichtert und blieb in der Tür stehen, während de Monte zu seinem Auto ging, einstieg und den Motor startete. Beim Umdrehen sah er dann, wie Hias Leitner wieder kräftig winkte, blieb stehen und ließ noch einmal die Scheibe herunter.

„Herr Kommissar, das Wichtigste hab ich fast vergessen. Wir haben da oben ja auch eine Wildkamera installiert, da sieht man auch den Forstweg auf den Fotos. Sie ist ein wenig verrutscht, das wird ein Hirsch beim Fegen von seinem Geweih am Baum gemacht haben. Wenn Sie wollen, hole ich dann einmal die Speicherkarte und vielleicht kann ja mein Sohn die Fotos durchschauen, ob wir vielleicht den Mörder vom Sepp draufhaben, oder wenigstens sein Auto. Aber eines sag ich Ihnen gleich, die Fotos haben eine schlechte Qualität, da wird man nicht viel erkennen können. Bringt das also was?“

„Aber natürlich, Herr Leitner, jeder kleinste Beweis bringt etwas, bitte holen Sie die Karte, am besten noch heute.“

„Ja, gerne, aber heute wird nicht gehen, da sind zwei Kühe zum Kälbern bei uns, da können wir nicht weg, aber morgen fahre ich bestimmt hinaus, ich ruf Sie dann an!“

De Monte zeigte ihm den Daumen nach oben und fuhr davon. Im Auto roch es noch immer nach Kuhstall, doch das war aufgrund der neuen Informationen jetzt mehr als nebensächlich.

Schon wieder läutete sein Diensthandy, er hob ab und freute sich, denn seine Kollegin aus Slowenien, Maja Vrbinc, war dran.

„Valentin, Servus, es ist wieder etwas passiert. Janez Novak, der Journalist vom Magazin *Resnica* – Wahrheit ist tot, ermordet worden, mit drei Schüssen getötet. Und jetzt rate, mit welcher Waffe?“

De Monte war zuerst sprachlos. Erst die Information über Josef Jamnik und jetzt ein drittes Mordopfer, der slowenische Journalist, doch dann antwortete er.

„Kaliber 7,62 × 25 Tokarev!“

„Genau, wir haben wieder eine Hülse gefunden, die dürfte der Mörder übersehen haben. Es waren aber drei Schuss, ein glasklarer Mord. Du solltest herkommen, wo bist du eigentlich?“

„Ich war gerade bei Mathias Leitner, dem Freund des ersten Mordopfers, Josef Jamnik, und, was der mir erzählt war, ist brisant. Jamnik war ein *Schmugglerkönig*, hat Wein aus Friaul schwarz verkauft. Ich glaube, das hängt alles zusammen. Ich fahre jetzt direkt zu dir, wo soll ich hinkommen?“

„Nach Ljubljana, nimm gleich die Stadteinfahrt über die *Celovška Cesta*, die Klagenfurter Straße, und schau nach dem Fastfood-Restaurant, ich schicke dir die genaue Adresse.“

„Alles klar, Maja, danke, de Monte Ende!“

„Und das *Ende* kannst du dir auch sparen, mein Lieber“, sagte Maja wenig begeistert und de Monte musste wieder einmal schmunzeln.

25.

Vilko Horvat hatte seiner Frau erzählt, er wollte in Ljubljana einen alten Freund treffen und auch den Markt besuchen und das gute Sauerkraut kaufen, das er so liebte. Dass er eigentlich Janez Novak einen Besuch abstatten wollte, hatte er ihr natürlich nicht verraten. Der Journalist hatte jetzt alle Informationen erhalten, aber Horvat wollte trotzdem sicher gehen, dass sich die ganze Situation nicht in die falsche Richtung entwickelte und möglicherweise ihm selbst zum Verhängnis wurde. Dabei konnte er sich ja beruhigen, denn die Schmuggelaktionen lagen so lange zurück, dass sie ja als Delikt bereits verjährt waren. Außerdem gab es Jugoslawien nicht mehr und der heutige Staat Slowenien hatte daraus je keinen Schaden erlitten. Doch trotzdem, sicher ist sicher, dachte sich Horvat und wollte einmal verfolgen, was Janez Novak so aus der Geschichte machte, oder zu mindestens erfahren, wohin er sich bewegte, wen er traf, und so weiter. Also nahm er die Stadteinfahrt über die *Klagenfurter Straße* und stellte sein Auto auf dem Parkplatz des Burger-Restaurants ab. Viel Bewegung war da nicht, nur ein Polizeifahrzeug hatte ihn auf der Hauptstraße mit Blaulicht und Folgetonhorn überholt. Das war aber in der Hauptstadt durchaus üblich, also maß er dem keine besondere Bedeutung bei. An der Ampel überquerte er die *Celovška Cesta*, doch, was er ein wenig weiter am Parkplatz vor dem Hochhaus sah, weckte dann doch seine Aufmerksamkeit. Mehrere Polizeifahrzeuge waren dort abgestellt, zwei davon noch mit eingeschaltetem Blaulicht, dazu ein Rettungsfahrzeug und ein Einsatzfahrzeug der Feuerwehr. Dass das kein Zufall sein konnte, war Horvat gleich bewusst und er musste seinen Plan nun ändern. Das bedeutete aber nicht, dass er sich von dort wegbewegte, vielmehr wollte sicher gehen, was nun den Einsatz ausgelöst hatte. Daher näherte er sich einmal vorsichtig und doch unauffällig den Einsatzfahrzeugen. Aus guter Erfahrung wählte er gleich einmal jenes der Feuerwehr aus. Die Feuerwehrleute sind eben meistens gesprächiger als die Polizeibeamten, und das wollte er sich jetzt zunutze machen.

„Schrecklich, schon wieder etwas passiert, ihr kommt wohl nie zur Ruhe“, sprach er die zwei Männer an, die an der hinteren Ecke des Feuerwehr-Tankwagens standen.

„Grauslich, kann ich nur sagen, bald haben wir mehr Leichen als Brände, das kann so nicht weitergehen!“

Der Feuerwehrmann war sichtlich bewegt, und das war für Horvat das beste Zeichen dafür, dass er von ihm ganz sicher Informationen bekommen konnte.

„Wieder ein Selbstmord, ist einer vom Balkon gesprungen, das war ja vor zwei Monaten auch so“, tastete Horvat sich heran.

„Viel schlimmer, da ist einer erschossen worden, furchtbar, ich habe die Tür öffnen müssen und habe als Erster in die Wohnung hineingesehen, wie er da im Gang gelegen ist, blutüberströmt, schrecklich, ich habe mich gleich ablösen lassen!“

„Oje, das tut mir leid, kann ich Ihnen etwas bringen, soll ich dort im Geschäft ein Wasser für Sie holen?“

„Nein, danke, das passt schon, wir haben alles hier, ich muss jetzt warten, weil die Polizisten mich noch brauchen, dabei möchte ich jetzt nur heimfahren."

Der Feuerwehrmann hatte lange in die andere Richtung gesprochen. Mit dem letzten Satz drehte er sich aber Horvat zu, der instinktiv wusste, dass er jetzt die entscheidende Frage stellen konnte.

„Oh, wie furchtbar, wer war denn das Opfer?"

„Ich kenne ihn nicht, aber die anderen haben gesagt, er ist ein bekannter Journalist, Novak stand da auf dem Schild, sagt mir aber gar nichts."

„Novak, Novak, aha, kenne ich auch nicht", log Horvat einmal zur Sicherheit. Er hatte bereits alles erfahren, was er wissen wollte, und wollte die Szene nun verlassen.

„Dann wünsche ich Ihnen trotzdem alles Gute und danke dafür, was ihr Feuerwehrleute alles für uns leistet, danke vielmals!"

Sein Gegenüber hatte sich bereits weggedreht und Horvat wollte sich eben zurückziehen, als er schräg vor sich am Ende des Zebrastreifens über die Hauptstraße Valentin de Monte erblickte. Horvat zuckte zusammen, denn diese Begegnung passte ihm jetzt gar nicht ins Konzept und drehte sich noch einmal zum Feuerwehrmann um. Er tat so, als wollte er das Gespräch fortsetzen, zeigte auf das Hochhaus und ging dann um den Tankwagen herum, um auf der anderen Seite mit schnellen Schritten das Weite zu suchen.

Was er nicht erkennen konnte, war, dass de Monte ihn schon auf halbem Weg über den Zebrastreifen gesehen und erkannt hatte. Er nahm das allerdings nur zur Kenntnis, denn Maja wartete ja dringend auf ihn. Horvat, so dachte sich de Monte, entkommt uns ja ohnehin nicht, den besuchen wir dann nach der Mordaufnahme.

Maja erwartete ihren Kollegen bereits im Stiegenhaus vor der Wohnung von Janez Novak. Gut drei Meter entfernt davon, bei einem kleinen Teppich vor der nächsten Tür, stand im Halbdunkel eine kleine gelbe Tafel mit der Nummer 4, die auf eine wichtige Spur hindeutete. Es sollte sich herausstellen, dass dort die Patronenhülse gefunden wurde, die der Täter offenbar übersehen hatte, denn im halbdunklen Licht des Ganges konnte man eine kleine Hülse leicht übersehen. In einer weiteren Tür schräg gegenüber sah de Monte eine Frau im Rollstuhl, die gerade einem uniformierten Beamten eine Aussage machte.

„Valentin, der dritte Mord, wenn das nicht bald aufhört, müssen wir befürchten, dass wir es mit einem Serientäter zu tun haben!"

Maja war sichtlich erregt, drehte sich während der letzten Worte um und betrat die Wohnung von Novak. Die Leiche war bereits weggebracht worden, die Spurensicherer hatten aber die Umrisse eingezeichnet.

„Drei Einschüsse, zwei im Brustkorb und einer am Kopf, Stirn, mittig!"

De Monte stellte sich gerade die Szene vor, als Janez Novak die Tür öffnete und der Täter feuerte. Ob er ihn gekannt hatte, es vielleicht ein Gespräch gab? Er schaute sich die Tür an, erkannte, dass es keinen Türspion gab, Novak also auch nicht hatte sehen können, wer vor der Tür stand. Es war also alles möglich und die Details mussten sie nun mühsam zusammensetzen.

„Was sagt die Frau aus? Hat sie die Schüsse gehört?"

„Soweit ich mitbekommen habe, die Vernehmung läuft noch, war sie gerade im Wohnzimmer, als es geschah. Sie hat aber Geräusche gehört, die sie nicht zuordnen konnte. Das werden die tödlichen Schüsse gewesen sein.“

„Also hat der Täter einen Schalldämpfer verwendet, anders kann ich mir das nicht vorstellen, und es ist auch logisch, denn sonst ist der Gang sofort voller Menschen“, zog de Monte seine Schlüsse.

„Ganz sicher, und er muss dann schnell die Hülsen zusammengesammelt haben, aber die eine dort beim Spurenzeichen 4 hat er offenbar nicht gefunden oder hatte keine Zeit mehr dafür. Als er hörte, wie die Nachbarin die Tür aufsperrte, ist er dann gleich wieder zur Wohnung von Novak hingegangen.“

„Novak muss etwas wissen, was ihn das Leben kostete. Und wenn es sich herausstellt, dass er mit derselben Waffe ermordet wurde wie Marco Furlan, dann kann es sich dabei nur um die Schmugglerbande handeln. Vielleicht wollte er sie auffliegen lassen, obwohl, so viele Jahre danach, welchen Sinn macht das?“

De Monte sah sich mittlerweile im Wohnzimmer um, bewegte mit einem Stift das eine oder andere Blatt Papier, sah unter den Schreibtisch hinein und deutete auf den Laptop-Computer, der dort stand.

„Den müssen die Kollegen dringend unter die Lupe nehmen. Ich bin mir sicher, dass er passwortgeschützt ist, aber das werden sie schaffen. Und wenn nicht, dann probieren es eben die Experten im TPO bei uns in Thörl-Maglern.“

Wieder hob de Monte mit dem Stift ein paar Blätter an, sah darunter hinein und zog einen Taschenkalender hervor. Nachdem er sich ein Paar Tatorthandschuhe übergestreift hatte, blätterte er den Kalender durch, im aktuellen Monat überflog er nun jeden Eintrag. Einer fiel ihm sofort auf: *Treffen Informant Casino Bled 18 Uhr 30*, hatte Novak eingetragen, für de Monte eine heiße Spur.

„Er hat einen Informanten getroffen, im Casino in Bled, vor zwei Tagen, da müssen wir nachfragen. Maja, wir rufen am Weg nach Mojstrana gleich Maurizio an, er soll das übernehmen, ins Casino geht er ja eh gerne!"

Maja folgte de Monte bei jeder Bewegung. Sie war noch immer geschockt von dem Anblick der Leiche, fasste sich aber immer mehr und runzelte vor lauter Konzentration ziemlich üppig die Stirn.

„Valentin, das ist gut so, trotzdem glaube ich, die Lösung ist hier in der Wohnung, wir wissen nur noch nicht, wo wir suchen sollen. Wenn wir jetzt alles umdrehen, finden wir vielleicht den entscheidenden Hinweis, aber zuerst fahren wir nun also noch einmal zu Vilko Horvat, denn ich glaube, er ist der Täter, und Maurizio soll in Bled nachfragen!"

De Monte schaute sie ungläubig an, denn sie hatte eben exakt das wiederholt, was er vorgeschlagen hatte. Doch plötzlich fiel ihm noch etwas anderes ein.

„Maja, jetzt, wo du es sagst, dieser Vilko war auch hier, denn ich bin mir sicher, dass er es war, den ich unten beim Einsatzfahrzeug der Feuerwehr gesehen habe. Er ist zwar sofort um die Ecke verschwunden, aber, wie ich eben gesagt habe, er war es."

„Valentin, der Hauptverdächtige der beiden ersten Morde am Tatort der dritten Bluttat, und du lässt ihn einfach ziehen, ich glaube es nicht", sagte Maja, die sich wieder gefasst hatte, in vorwurfsvollem Ton, und ihr Blick unterstrich das noch.

„Ja leider, deshalb müssen wir jetzt umso schneller handeln. Die Indizien reichen allemal für eine Verhaftung und intensive Befragung. Komm, Maja, fahren wir nach Mojstrana, und Maurizio nach Bled!“

26.

Maurizio Trevestan war gerade beim Auswerten der Wirtschaftsunterlagen von Marco Furlan, als ihn im Trilateralen Büro in Thörl-Maglern der Anruf von Maja und Valentin erreichte. Er verstand sofort, dass es jetzt auch eine Frage der Zeit war, die nötige Informationen heranzuschaffen, um den Hauptverdächtigen zu überführen. Maja hatte vorgeschlagen, dass sie ihre Kommandantin bitten wird, auch zum Casino zu kommen, sie kannte den Direktor seit vielen Jahren gut, denn ohne Beziehungen war es praktisch unmöglich, zur gewünschten Information zu kommen. Und selbst Katja Gornik zweifelte, dass der Casinodirektor Auskunft über Gäste geben werde. Andererseits hatte sie ihm vor Kurzem aus einer heiklen Situation geholfen, als er zwei Gästen aus Italien den Eintritt ermöglichte, obwohl er sie abweisen hätte müssen. Gornik hatte akzeptiert, dass die gefälschten Dokumente, die die beiden vorzeigten, so täuschend echt aussahen, dass der Fehler dem Angestellten an der Rezeption eben passieren hatte können. Das war nun ihr Trumpf, als sie Maurizio am Eingang des Casinos traf, natürlich in Zivilkleidung, sonst wäre das zu auffällig gewesen.

„Herr Kollege, sie warten bitte hier heraußen, ich werde die nötigen Informationen hoffentlich bekommen und informiere Sie dann umgehend!“

Katja Gornik hatte den Beamten aus Italien sofort erkannt und aufgrund des Zeitdrucks gleich einmal auf jegliche Begrüßungsfloskeln verzichtet. Maurizio Trevestan wiederum verstand sofort, nickte zur Zustimmung, drehte sich um und ging einige Schritte in Richtung *Kavarna Park*, wo sich Valentin und Maja schon zweimal getroffen hatten.

Der Direktor erwartete Kommandantin Gornik bereits mit sorgenvollem Gesicht. Sie blickte ihn freundlich, aber auch sehr bestimmt an und reichte ihm die Hand.

„Guten Tag, Miran, wie sieht es aus?"

Katja Gornik redete nicht lange um den heißen Brei herum, denn sie hatte den Direktor in einem längeren Telefonat über alles informiert und wollte nur wissen, ob nun Janez Novak und eben auch der Hauptverdächtige, Vilko Horvat, zum genannten Zeitpunkt im Casino waren.

„Katja, die Antwort lautet Ja, und damit sind wir nun quitt, und jetzt muss ich mich gleich verabschieden, wir haben heute eine Veranstaltung, und da ist noch viel zu tun, *Srečno* – auf Wiedersehen!"

Der Direktor war so schnell weg, dass Katja Gornik nicht einmal mehr antworten konnte. Das war ihr aber herzlich egal, denn das Wichtigste hatte sie, die Information, dass sowohl Janez Novak als auch Vilko Horvat vor zwei Tagen im Casino in Bled waren. Die Kommandantin verließ ebenso rasch das Casino wie sie gekommen war, ging zur *Kavarna Park* und gab dort die inoffizielle Aussage des Direktors an Maurizio Trevestan weiter, der wiederum Maja und Valentin anrief und informierte. Dass diese Aussage momentan rechtlich nicht haltbar war, wussten alle Beteiligten gut genug, aber sie reichte allemal, um bei einem Verhör Druck auf den Verdächtigen auszuüben. Katja freute sich jedenfalls, dass sie nun wirklich etwas zur

Lösung des Falles beitragen konnte, verabschiedete sich von Maurizio Trevestan und fuhr wieder auf ihre Dienststelle in Bled.

27.

„Hallo, wer spricht?"

Milan Koren hatte schon nach dem ersten Läuten abgehoben und klang nicht gerade gut aufgelegt. Weil Vilko Horvat seine Telefonnummer unterdrückt hatte, wusste Koren sofort, dass nur der Erpresser dran sein konnte.

„Hören Sie mir jetzt gut zu, denn ich erzähle Ihnen das nur ein einziges Mal. Also, wir treffen uns bei der russischen Kapelle am Weg zum Vršič-Pass, um halbsieben Uhr in der Früh, den Tag sage ich Ihnen noch. Also, gehen Sie jetzt immer früh schlafen, denn es kann sein, dass ich Sie auch erst in der Früh anrufe, und Sie müssen auf jeden Fall pünktlich sein und das Geld mithaben, denn sonst lasse ich die Bombe platzen, guten Tag!"

Vilko legte auf, bevor Milan Koren etwas sagen konnte und freute sich wie ein kleines Kind bei der Vorstellung, wie der große Herr Präsident jetzt nach Luft schnappen werde. Das war schon ein schöner Lohn für die Schinderei und die Unterdrückung von einst. Die fünfhunderttausend Euro werden dann noch das verwertbare Zeichen obendrauf sein.

Vilko legte gerade sein Mobiltelefon auf den Tisch im Wohnzimmer, als er seine Frau bei der Türe hörte.

„Oh, guten Tag, die Herrschaften von der Polizei, ja, mein Mann ist daheim, warten Sie, ich hole ihn!"

Als Vilko das hörte, bekam er es mit der Angst zu tun. Die Polizei, und da wiederum diese Wichtigtuer vom internationalen Büro, brauchte er jetzt gar nicht, und schon überhaupt nicht eine Befragung zum Thema Mord. Also entschloss er sich, das, was er letztens im Spaß zu seiner Frau gesagt hatte, wirklich in die Tat umzusetzen, öffnete die Balkontür, trat hinaus, schwang sich über das Geländer und landete mit einem Sprung im Garten. Sportlich war er noch, das hatte er damit bewiesen. Geduckt schlich er unter den anderen Balkonen hindurch zum Parkplatz und weiter zu seinem Geländewagen. Den Autoschlüssel hatte er zum Glück noch schnell eingesteckt, weil er beim Heimkommen vergessen hatte, ihn im Vorzimmer aufzuhängen und er deshalb im Wohnzimmer neben dem Fernseher lag. Der Wagen sprang gleich an und er setzte zurück.

Maja und Valentin standen in diesem Moment noch an der Tür und sahen zu, wie Vilkos Frau in die Wohnung ging, um ihn zu holen.

„Ja, was ist denn jetzt los, Vilko, wo bist du, sag einmal, bist du jetzt wirklich vom Balkon gesprungen, oder was?"

Valentin de Monte reagierte instinktiv. Er drehte sich um und lief zur Hausecke, um an die Vorderseite, wo die Balkone waren, zu gelangen. Maja betrat gleichzeitig, ohne zu fragen, die Wohnung und sah sich um.

De Monte hörte das Aufheulen des Motors und gelangte mit schnellen Schritten auf demselben Weg wie Horvat unter den Balkonen zum Parkplatz. Dort konnte er aber nur mehr Vilko Horvat in seinem Wagen, der gerade davonbrauste, erkennen.

„Maja", rief er laut, drehte sich um und sah die Kollegin mit Vilko Horvats Frau am Balkon stehen.

„Bitte leite sofort eine Fahndung nach dem Fahrzeug von Vilko Horvat ein. Und sag dazu, dass Vorsicht geboten ist, der Gesuchte ist mordverdächtig und könnte bewaffnet sein.

Das Gesicht von Horvats Frau war versteinert, es gelang ihr nur schwer, zu sprechen.

„Was reden Sie denn da, Sie unverschämter Kerl, mein Vilko soll mordverdächtig sein, das ist ja eine Frechheit, nie und nimmer, das werden Sie noch bereuen, ich zeige Sie an!"

Maja versuchte, die aufgebrachte Frau zu beruhigen und schlug ihr dann noch vor, sie könnte ein Team zur psychologischen Unterstützung anfordern, doch das brachte dann endgültig das Fass zum Überlaufen und Maja wurde relativ unsanft aus der Wohnung komplimentiert.

„Egal", sagte de Monte, als sie sich vor dem Haus trafen. „Er flüchtet, aber entkommen kann er uns nicht, dafür ist sein Auto viel zu auffällig, den haben wir in kurzer Zeit! Fahren wir besser nach Ljubljana, Maurizio soll auch hinkommen, und durchsuchen wir noch einmal die Wohnung von Janez Novak."

28.

Mathias Leitner hatte gar nicht damit gerechnet, dass er den Kommissar gleich erreichen konnte, trotzdem war es so, obwohl de Monte schlecht zu hören war. Die Freisprecheinrichtung im Dienstfahrzeug war eben nicht das beste Modell, de Monte wollte aber, dass Maja auch alles hörte, denn er hatte bereits gesehen, wer anrief.

„Hier spricht Mathias Leitner, vulgo *Unterer Tschlatscher* in Ebene Reichenau. Herr Inspektor, oh, bitte entschuldigen Sie, Herr Kommissar, ich habe Ihnen ja gesagt, ich werde nachschauen, ob die Wildkamera etwas zeigt, das für Sie interessant ist. Ich möchte mich nochmals dafür entschuldigen, dass ich nicht gleich draufgekommen bin!“

„Herr Leitner, kein Problem, Hauptsache, es ist Ihnen dann eingefallen, und wie schaut es jetzt aus?

„Herr Kommissar, ich melde einen Erfolg, es ist etwas auf den Fotos zu sehen!“

„Hervorragend, Herr Leitner, und was ist zu sehen“, wurde de Monte etwas ungeduldig. Maja zeigte extra, er solle ganz ruhig bleiben, was er auch nach Kräften tat.

„Ja, da sind jede Menge Tiere zu sehen, wir haben ja viel Wild auf der Turrach, Rehe, Hirsche, Tiere, Kälber, sogar ein paar Hasen sind drauf.“

„Herr Leitner, das bringt uns jetzt aber auch nicht weiter, gibt es etwas außer den Tieren, das für unsere Ermittlungen relevant sein könnte?“

„Also, ich weiß zwar nicht genau, was Sie unter ‚relevant' verstehen, aber auf einem Foto ist ein Fahrzeug zu sehen, so ein Geländewagen, ein großer Geländewagen. Aber das Foto ist so unscharf, dass man kaum etwas erkennen kann, das wird Ihnen wahrscheinlich nichts nützen."

„Herr Tschlatscher, ach was, Herr Leitner natürlich, bitte schicken Sie mir umgehend das Foto, es kann für uns von großer Bedeutung sein!"

„Ja, mein Sohn hat es bereits auf sein Handy geladen und wird es Ihnen jetzt gleich als Nachricht zukommen lassen."

Bitte auf keinen Fall als Nachricht, da wird jedes Foto komprimiert, und wenn es eh schon unscharf ist, kann man dann gar nichts mehr erkennen. Bitte sagen Sie Ihrem Sohn, er soll mir das Foto per E-Mail schicken, die Adresse steht auf der Karte, die ich Ihnen gegeben habe."

„Verstanden, Herr Kommissar, wird so durchgeführt, Hias Leitner Ende!"

Der Bauer legte sofort auf und Maja konnte das Lachen kaum mehr zurückhalten, obwohl die Situation alles andere als lustig war.

„Siehst du, Valentin, der Herr Leitner ist jetzt wie dein Chefinspektor, er hat einfach das letzte Wort!"

Dass dieses *letzte Wort* nun eigentlich Maja an sich gerissen hatte, war ihr gar nicht aufgefallen, und de Monte beschloss, es auch dabei zu belassen, denn jetzt war es wichtiger, die fehlenden Teile zusammenzufügen.

„Vielleicht kann uns ja deine Freundin Iris helfen und das Foto verbessern", sagte plötzlich Maja, und Valentin ärgerte sich maßlos, dass er nicht selbst auf diesen Gedanken gekommen war.

„Richtig, Maja, das ist einen Versuch wert, ich werde ihr das Foto gleich schicken, wenn ich es von Herrn Leitner oder besser dessen Sohn bekommen habe!"

De Monte ärgerte sich ein wenig, dass er nicht selbst auf die Idee gekommen war, und Maja einmal mehr bewiesen hatte, dass sie die richtige Wahl für die neue Gruppe *Leib und Leben* im Trilateralen Polizeibüro Österreich/Slowenien/Italien war. Und sympathisch war sie ihm auch, sehr sympathisch sogar, aber das war im Moment kein Thema, denn jetzt galt es, einen kühlen Kopf zu bewahren und sich auf das Wesentliche zu konzentrieren.

„Maja, glaubst du wirklich, dass Vilko Horvat der Täter ist, dass er alle drei Morde begangen hat? Ich frage mich schon die ganze Zeit, was ist dann sein Motiv? Er hat ja keinen Nutzen daraus, dass sein Schwager jetzt tot ist. Und dann Marco Furlan, der Weinbauer in Cormòns, welche Verbindung hatte er mit dem? Und schließlich der Journalist Janez Novak. Selbst wenn es bei den beiden ersten Morden eine Verbindung zur Schmugglerbande geben könnte, Novak wollte, wenn überhaupt, die alte Geschichte veröffentlichen, und die strafbaren Handlungen waren ja schon verjährt. Also konnte es für Horvat praktisch egal sein und hätte maximal anderen Personen geschadet. Fragen über Fragen und ein Hauptverdächtiger, wir brauchen Beweise!"

Maja sah ihn von der Seite an, blickte wieder auf die Straße, überlegte kurz und sprach dann mit fester Stimmung und sehr überzeugt.

„Ich denke schon, dass er es gewesen ist, denn es kann ja auch späte Rache gewesen sein. Vielleicht haben die anderen ihn betrogen, nicht ausgezahlt, oder er ist erst jetzt auf etwas draufgekommen, das wir noch nicht wissen. Und dann der Fall Novak, da …"

Maja konnte nicht weitersprechen, denn ihr Mobiltelefon läutete unüberhörbar. Als einhundertprozentige Beamtin hatte sie ihrer Kommandantin Katja Gornik den Klingelton *Polizeisirene Amerika* zugewiesen, und de Monte hatte plötzlich das Gefühl, in den Straßen von San Francisco unterwegs zu sein, fasste sich aber gleich wieder.

„Katja, *prosim* – bitte, ich bin mit Valentin de Monte unterwegs, wir fahren noch einmal zur Wohnung von Janez Novak und treffen dort auch Maurizio Trevestan! Moment, ich stelle mein Handy auf laut, dann kann Valentin gleich mithören."

„Also, Maja und Valentin, das Ergebnis der ballistischen Untersuchung der Projektile im Mordfall Novak ist soeben eingetroffen. Ich verstehe zwar nicht, warum das, was sonst mindestens eine Woche dauert, plötzlich so schnell geht, aber egal, wichtig ist das Ergebnis. Und das lautet: Marco Furlan und Janez Novak wurden mit derselben Waffe ermordet, eine Zastava M57, Kaliber 7,62 × 25 mm Tokarev, wahrscheinlich aus ehemaligem Polizeibestand. Das Protokoll habe ich euch bereits per E-Mail gesendet und einen Haftbefehl für Vilko Horvat habe ich auch schon erwirkt. Eine landesweite Fahndung läuft bereits, haltet euch zur Verfügung, es kann jederzeit so weit sein, dass wir ihn schnappen!"

„*Hvala lepa* – dankeschön, Katja, hat Maurizio die Informationen auch bekommen?"

„Natürlich, ihr drei habt bei mir eine Adresse, und die lautet schlicht und einfach *TPO – Trilateral Police Office*. Ich unterstütze dieses Projekt voll und ganz, und wir stehen nun vor dem ersten großen Fahndungserfolg! Macht es gut und meldet bitte sofort ein etwaiges Ergebnis! Bis bald!"

„Gornik Ende", sagte de Monte halblaut, sodass es die Kommandantin nicht hören konnte. Bei Maja kamen diese beiden Worte aber an und sie sah ihren Kollegen etwas vorwurfsvoll an, lächelte dabei aber auch ein wenig.

„Jetzt haben wir den Beweis, nun müssen wir nur noch Vilko Horvat finden und die Waffe sicherstellen. Aber fahren wir zuerst einmal nach Ljubljana, vielleicht tut sich ja trotzdem dort noch etwas auf, wer weiß!"

De Monte blickte bei den letzten Worten zu Maja und sie nickte zustimmend. Sie waren bereits auf der Autobahn kurz vor der slowenischen Hauptstadt und in Kürze bei Novaks Wohnung.

29.

Vilko Horvat war hochnervös, so aufgeregt war er schon lange nicht mehr und selbst bei den ärgsten Schmuggelaktionen klopfte sein Herz nicht einmal annähernd so stark wie jetzt. Er war mit viel zu hoher Geschwindigkeit vom Parkplatz in Mojstrana weggebraust. Keine Viertelstunde später hatte schon seine Frau angerufen, gleich mehrfach, doch er ignorierte ihre Versuche einfach und hatte nur mehr im Sinn, so schnell wie möglich an das Geld zu kommen und sich dann abzusetzen. Wohin, das wusste er noch nicht, zu verwirrend waren jetzt die Gedanken. Dabei hatte er sich aus seiner Sicht doch nichts zuschulden kommen lassen, er hatte einfach getan, was getan werden musste, doch jetzt war er plötzlich der Gejagte. Dass sein Geländewagen doch recht auffällig war, war ihm klar, daher war es wichtig, auch diesen möglichst rasch loszuwerden. Er hatte da schon eine Idee, und die wollte er gleich in die Tat umsetzen. Dazu musste er noch einmal Kontakt mit Milan Koren aufnehmen, der sicher zu Hause vor seinem Handy saß und seinen Anruf ohnehin erwartete. Mit zitternden Fingern wählte er die Nummer, schon nach dem ersten Läuten hob Koren ab.

„Ja, Milan Koren, was ist?“

„Guten Tag, es ist so weit, wir treffen uns noch heute!“

Was Vilko Horvat jetzt nicht sehen konnte, war, dass Milan Koren nicht allein war. Er hatte im Laufe der Jahre sehr gute Kontakte zu verschiedensten Leuten geknüpft und nun saß in seiner Wohnung ein IT-Experte der *Telekom Slovenije* und hatte das Mobiltelefon und einen Laptop mit einem Kabel verbunden. Während Koren mit dem Erpresser sprach, lief im Hintergrund ein Programm, das auch unterdrückte Rufnummern erkannte. Der Experte brauchte noch ein wenig Zeit und deutete dies auch mit Handzeichen zu Koren.

„Aber Sie haben ja gesagt, das Treffen findet um 6 Uhr 30 statt, das kann ja dann frühestens morgen sein, oder? Wir müssen uns schon beide an die Regeln halten, sonst wird das nicht funktionieren, mein Bester!"

Vilko Horvat war außer sich und fühlte sich wie in alten Zeiten unterdrückt. Aber jetzt war es damit vorbei, heute ist heute und Milan Koren war nun sein Opfer, das tun musste, was er vorschrieb, sonst müsste er vielleicht sogar noch einen Schritt weitergehen.

„Jetzt hören Sie mir einmal gut zu: Wenn da einer sagt, was geschieht, dann bin das ich. Und ich mache die Regeln und kann sie jederzeit ändern, wie eben jetzt. Treffpunkt heute um 18 Uhr 30 am vereinbarten Ort, basta, und kommen Sie ja nicht auf die Idee, die Polizei zu informieren, auf keinen Fall, sonst sind Sie gleich geliefert!"

Der IT-Experte zeigte Koren in diesem Moment den Daumen nach oben und hatte den Anrufer somit identifiziert.

„Ja, beruhigen Sie sich, es ist ja alles klar, um 18 Uhr 30 bei der russischen Kapelle an der Straße auf den Vršič-Pass, ich werde dort sein."

„Und vergessen Sie das Geld nicht, sonst brauchen Sie gar nicht erscheinen, und seien Sie pünktlich, sonst ist es auch zu spät!"

Der Anrufer legte auf und Koren ging zum Experten, der den Laptop in seine Richtung drehte.

Vilko Horvat, Mojstrana, stand dort im Anfragebereich und Milan Koren traute seinen Augen nicht. In Bruchteilen von Sekunden spielten sich die Ereignisse der Schmugglerzeit in seinen Gedanken ab. Nicht ein einziges Mal hatte er Vilko Horvat persönlich getroffen, da war er viel zu vorsichtig. Gut, telefoniert hatte er oft mit ihm, aber eben nur telefoniert und das mit leicht verstellter Stimme. Hatte vielleicht Josef Jamnik nicht dichtgehalten? Gut möglich war es, aber der konnte jetzt ja ohnehin nichts mehr sagen. Oder war es Marco Furlan? Aber wie um alles in der Welt sollte Furlan auf Vilko Horvat treffen, das war ganz und gar ausgeschlossen. Also war es Jamnik, der eingebildete Möchtegern-Händlerchef aus Kärnten, den der Zapin von dieser Welt genommen hat. Milan Koren war wütend, furchtbar wütend, und beschloss, dieses Problem ein für alle Mal aus der Welt zu schaffen, im wahrsten Sinn des Wortes.

Er verabschiedete den IT-Mann, gab ihm das vereinbarte Kuvert mit den fünfhundert Euro, ebenfalls in kleineren Scheinen, und schloss die Tür hinter ihm. Dann ging er in sein Schlafzimmer und nahm die Sporttasche aus dem Kleiderschrank in der Ecke. Sie war prall gefüllt mit fünfhunderttausend Euro, ebenfalls in kleineren Scheinen, die größten waren Hunderter im Gesamtwert von einhunderttausend, der Rest eben kleinere Schein, zusammen fünfhunderttausend Euro.

Dann ging er wieder ins Wohnzimmer, entfernte das Bild oberhalb der Kommode, öffnete den dahinterliegenden Tresor und entnahm ihm seine Pistole, eine *Zastava M57*.

Er nahm schnell das Magazin heraus, kontrollierte die Anzahl der geladenen Patronen, schob es wieder in die Waffe und steckte diese am Rücken in den Hosenbund. Er hatte keine andere Wahl, er musste Vilko Horvat zum Schweigen bringen, denn das Geld wird dafür nicht reichen, das war ihm vollkommen klar. Erpresser hören nie auf, wenn sie etwas Brisantes wissen. Der ersten Erpressung folgt dann die nächste und so geht das weiter. Aber nicht mit ihm, nicht mit Milan Koren, dem Präsidenten des slowenischen Handelsverbandes, nicht jetzt, in den letzten Jahren vor dem Ruhestand, wo er doch noch so auf eine große Auszeichnung wartete und eine schöne Zuwendung zum Abschied bekommen sollte. Nein, der kleine Schmuggler aus Mojstrana wird all das nicht zerstören, auf keinen Fall!

Plötzlich läutete sein Handy wieder, abermals stand am Display *Anonym*, also war mit anzunehmender Sicherheit der Erpresser dran. Koren hob ab, sagte aber nichts.

„Sie brauchen gar nicht so tun, als wären Sie nicht da, ich weiß, dass Sie mich hören. Also, Sie kommen auf keinen Fall mit ihrem Geländewagen hierher. Nehmen Sie ein anderes ihrer Fahrzeuge, am besten den kleinen Stadtflitzer, ja, den nehmen Sie! Ende!"

Milan Koren konnte und wollte auch gar nicht antworten, so schnell hatte der Erpresser bereits aufgelegt. Danach ging er in die Garage, nahm die Kennzeichen vom Geländewagen herunter, denn der Stadtflitzer hatte auch Wechselkennzeichen mit dem SUV angemeldet, um Kosten zu sparen, montierte sie auf den anderen Wagen, legte die Sporttasche in den Kofferraum und stieg ein. Da erst spürte er den Druck seiner Pistole im Hosenbund, griff nach hinten und verstaute die Waffe in dem offenen Fach links unter dem Lenkrad. Dass dies, etwa bei einer Verkehrskontrolle, gut einsehbar war, fiel ihm gar nicht auf, denn jetzt war Milan Koren auch schon aufgeregt. Er öffnete mit der Fernbedienung das Garagentor, startete den Wagen und fuhr los in Richtung Kranjska Gora, von wo aus die Straße auf den Vršič-Pass führte. Die Lösung seines Problems kam näher, immer näher.

30.

Maurizio Trevestan erwartete Maja und Valentin bereits auf dem Parkplatz des Mehrparteienhauses, wo der Journalist Janez Novak in seiner Wohnung ermordet aufgefunden worden war. Die drei begrüßten sich nur kurz, denn die Zeit drängte. Noch im Stiegenhaus streiften sie sich die obligaten Tatort-Gummihandschuhe über. Maja hatte den Wohnungsschlüssel zur Hand und sperrte die Tür auf. Bevor sie diese öffnete, zog sie noch ein kleines Messer aus der Hosentasche, öffnete es und durchschnitt das Siegel, das die Kriminalgruppe des Stadtpolizeikommandos angebracht hatte. Die Kollegen hatte sie natürlich vorher informiert, deshalb gab es auch keine Verzögerungen durch Telefonate, Erklärungen und das Warten auf eine Genehmigung.

Maja, Valentin und Maurizio traten ein. Die mit weißem Klebeband nachgezeichneten Konturen der Leiche von Janez Novak waren noch immer am Boden zu sehen, auch Blutspuren waren erkennbar, denn die Wohnung war ja noch nicht freigegeben und die Tatortreiniger daher noch nicht da gewesen. Niemand der drei wusste, wonach sie suchten, aber irgendwie spürten sie, dass die Chance auf eine heiße Spur oder einen Beweis, in welche Richtung auch immer, sehr groß war.

De Monte befasste sich gleich wieder mit den Unterlagen auf dem Schreibtisch. Weil die Tatortgruppe alle verwertbaren Fingerabdrücke vorher bereits gesichert und viele Fotos gemacht hatte, konnte er jetzt, ohne auf die

Ordnung zu achten, den Schreibtisch durchsuchen. Zettel für Zettel sah er sich an, soweit er die Handschrift und die Formulierungen in slowenischer Sprache entziffern konnte, waren aber die Inhalte ohne wesentlichen Belang.

Maurizio nahm sich die Küche vor, öffnete jede Kastentür, schob die Töpfe zur Seite und griff auch von unten auf die Laden in der Hoffnung, dass dort vielleicht etwas angeklebt war. Trotz aller Bemühungen fand auch er, bis auf ein paar Rechnungen des örtlichen Supermarkts, Briefen von der Hausverwaltung und Erinnerungszettel für nötige Einkäufe, keine stichhaltigen Beweise.

Maja stand mitten im Wohnzimmer und suchte gar nichts. Vielmehr drehte sie sich langsam im Kreis und fixierte Millimeter für Millimeter den gesamten Raum, von der Decke über die Möbel bis zum Boden. So hatte sie es in ihrer Ausbildung gelernt. Alles zu durchsuchen, bringt manchmal etwas, meistens ist es aber besser, sich zunächst umzuschauen, sich in die Person, die hier lebte, hineinzuversetzen und dann daraus die richtigen Schlüsse zu ziehen.

„Valentin, wo hättest du hier etwas versteckt, im Schlafzimmer, in der Küche oder hier im Wohnzimmer, oder vielleicht im Bad?"

De Monte hörte auf, den Schreibtisch zu bearbeiten, und blickte Maja an. Am liebsten hätte er sie jetzt gefragt, ob dies nun ein Ratespiel sein soll, aber das verkniff er sich tunlichst. Vielmehr begann er, was Maja auch beabsichtigte, zu überlegen.

„Maurizio, komm her zu uns, Maja ist auf dem richtigen Weg. Wir müssen uns in das Denken von Janez Novak hineinversetzen, sein Handeln analysieren. Also, gehen wir einmal davon aus, dass er gerade bei seiner Arbeit war, als der Mörder an der Tür läutete. Das soll bedeuten, dass er hier in diesem Raum war. Gehen wir weiters davon aus, dass er nicht wissen konnte, wer da läutete und, aus welchem Grund auch immer, brisantes Material verstecken musste. Wo wird er das in der Eile tun?“

Maja drehte sich zu Valentin und blickte ihn nickend an, Maurizio kam auch näher.

„Nicht im Bad, nicht in der Küche, sondern hier im Wohnzimmer und da wiederum in der Nähe seines Arbeitsplatzes“, sagte Maja, blickte sich dort um und fixierte den Teppich, der unter den Schreibtisch hineinragte. Sie bückte sich, hob ihn hoch, alle drei schauten gebannt nach unten, aber da war nichts.

„Ich glaube nicht, dass er so etwas am Boden aufbewahrt, vielleicht will er es griffbereit haben, vielleicht sogar in Augenhöhe studieren können“, sagte nun Maurizio.

Wie auf Befehl blickten sie nun zu dem Kasten, dem einzigen Möbelstück im Zimmer, das frei an der Wand stand, auch obenauf war nichts gelagert. Valentin ergriff die Initiative, ging hin, packte den Kasten an der dem Schreibtisch zugewandten Ecke und zog ihn von der Wand weg. Maja stand so, dass sie als Erste die Rückwand sehen konnte.

„Bingo, Volltreffer, da ist, was wir suchen!“

De Monte rückte den Kasten weiter weg, sodass nun alle freie Sicht auf die Rückwand hatten und den Bogen mit der Skizze der Verbindungen in Sachen Schmugglerbande in Slowenien, Kärnten und Friaul sehr gut sehen konnten.

„*Dio mio* – mein Gott, das sind die Zusammenhänge, Jamnik in Kärnten, Furlan im Friaul, aber wer ist der dritte Chef, der slowenische Schmugglerkönig, hier steht ja kein Name?“

Maurizio las noch weiter, als Maja einen Schritt nach vorne machte und an die Ecke des Plakats griff, wo mit der Ecke des Plakats auch ein Zettel angeklebt war. Vorsichtig löste sie ihn vom Klebeband, las, was draufstand und stieß ein kurzes Pfeifen der Überraschung aus.

„Milan Koren, das wird er sein. Wahrscheinlich ist Janez Novak nicht mehr dazugekommen, den Namen am Plakat einzutragen, als der Mörder geläutet hat und hat den Zettel dann schnell mit dem Plakat auf die Rückwand des Kastens geklebt. Milan Koren, wenn er das ist, dann steht viel auf dem Spiel. Das ist ein sehr angesehener Mann in Slowenien, der Präsident des Handelsverbandes, und man sagt, er wird in Kürze auch noch eine hohe Auszeichnung unseres Staates bekommen. Ein Schmuggler mit Orden, was für ein Bild!“

Maja war sichtlich erstaunt und ein wenig geschockt zugleich, fasste sich aber gleich und begann, die Dinge zu ordnen.

„Also, Jamnik, der Schwager von Vilko Horvat, war der Kärntner, Furlan der Italiener und Koren der Slowene. Nun, die ersten beiden sind tot, Horvat ist dringend tatverdächtig, und Koren lebt. Wenn es um Schmuggel geht, dann kann nur Geld das Motiv sein. Alle drei waren oder sind wohlhabend, Horvat lebt in einer bescheidenen Wohnung in Mojstrana. Nur sein Geländewagen hat einen gewissen Wert, aber der ist ja auch schon älter.“

„Horvat ist der Täter, da gibt es nichts zu rütteln. Erinnern wir uns, Mathias Leitner hat uns erzählt, er wäre von einem Geländewagen beinahe überfahren worden, als er den Forstweg entlang ins Tal war, einige Zeit nachdem er

Josef Jamnik getroffen hatte", setzte nun de Monte fort und sah danach Maurizio fragend an.

„Horvat war auch eine gewisse Zeit bei der Geheimpolizei und hatte damals als Dienstwaffe eine *Zastava M57*, die Tatwaffe in den Fällen Furlan und Novak. Ich hoffe, wir finden ihn bald, dann ist der Fall gelöst!"

„Valentin, haben wir schon ein Ergebnis der Fotoanalyse von deiner Iris, das könnte nun des Rätsels Lösung sein", fragte Maja noch.

„Ich erwarte das Ergebnis praktisch jeden Moment, Iris ist dran und bekommt sogar Unterstützung von den Experten vom FBI, hoffentlich geht es schnell", antwortete de Monte und dachte noch an Quantico und seine Iris, als das Läuten des Mobiltelefons von Maja die Unterhaltung unterbrach.

„Ja, Katja, wir sind in der Wohnung von Janez Novak und haben einen sensationellen Fund gemacht, die Skizze der gesamten Schmugglerverbindung mit Namen und weiteren Details und wir glauben jetzt auch zu wissen, wer der slowenische Kopf war, und jetzt halte dich fest, Milan Koren, der Präsident des slowenischen Handelsverbandes!"

Valentin hörte noch ein sehr lautes *neverjetno* – unfassbar, doch dann gab es Informationen von Katja Gornik, die mindestens ebenso fesselnd waren wie der Fund des Plakats.

„Soeben ist bei mir ein anonymer Anruf gelandet, ein IT-Experte, der behauptete, er müsse sein Gewissen erleichtern, denn er war bei Milan Koren, um die Telefonnummer eines anonymen Anrufers herauszufinden, was für ihn als Telekom-Mitarbeiter mit dem entsprechenden Programm kein Problem war. Nun, der anonyme Anrufer war Vilko Horvat und er hat – Koren hatte das Handy so laut gestellt, dass der Mann auch den Anrufer hören konnte – die Anweisung gegeben, dass Koren um 18 Uhr 30 bei der Kapelle am Weg zum Vršič-Pass sein soll, und er ihn dort treffen werde."

„Katja, danke, Milan Koren ist in höchster Gefahr, denn ich glaube, Horvat will ihn nur dorthin locken und womöglich ebenso ermorden wie Jamnik und Furlan, denn offenbar geht es um Geld aus der Schmugglerzeit oder Rache oder sogar beides", sagte Katja rasch und noch bevor ihre Kommandantin „Gornik Ende!" sagen konnte – sie hatte offenbar Gefallen an der Gewohnheit von Chefinspektor Hausmann gefunden –, verabschiedete sie sich und legte auf.

Wie wenn der Gedanke ein Befehl gewesen wäre, läutete nun de Montes Telefon, er blickte drauf und murmelte halblaut: „Hausmann!"

„De Monte, was ist los, Sie melden sich gar nicht mehr, die Arbeitsplätze der Gruppe *Leib und* Leben sind verwaist, keine Nachricht, gar nichts, berichten Sie mir!"

„Chef, das ist jetzt ein ganz schlechter Moment für Berichte. Kurz gesagt, wir stehen vor der Verhaftung von Vilko Horvat als Hauptverdächtigem und müssen noch einer weiteren Person, die heißt Milan Koren und ist Kopf der slowenischen beziehungsweise jugoslawischen Schmuggler, wahrscheinlich das Leben retten. Standort ist derzeit Ljubljana, wir fahren aber jetzt nach Kranjska Gora und von dort in Richtung Vršič-Pass, wo es bei der russischen Kapelle ein Zusammentreffen von Horvat und diesem Milan Koren geben sollte. Es geht auch um eine Erpressung."

„De Monte, und ich bin mir sicher, dass Maja Vrbinc und Maurizio Trevestan mithören, ich sage Ihnen, unternehmen

Sie nichts auf eigene Faust, ich kontaktiere sofort Katja Gornik und wir aktivieren ein Einsatzkommando, das Sie unterstützen wird!"

„Danke, Chef, verstanden, wir melden uns dann wieder!"

Er legte sofort auf und verzichtete auf die übliche Verabschiedung von Chefinspektor Hausmann. Maurizio und Maja warteten bereits im Gang, sie verließen die Wohnung und fuhren dann in Richtung Kranjska Gora. Maurizio war zu de Monte und Maja ins Dienstfahrzeug gestiegen und ließ sein Auto – er war mit dem Privatfahrzeug unterwegs – in Ljubljana stehen und wollte es später oder am Tag darauf holen.

31.

Gut sieben Kilometer sind es von Kranjska Gora, einem Alpendorf im Tal der Sava Dolinka, bis zur *Russischen Kapelle*, die im Jahr 1916 von Kriegsgefangenen zum Gedenken an ihre Kameraden, die durch einen Lawinenabgang getötet worden waren, errichtet wurde. Eigentlich hätten de Monte, Maja und Maurizio ja in Kranjska Gora auf das Einsatzkommando warten sollen und hatten sich dazu auf dem Parkplatz des Casino-Hotels an der Straße auf den Vršič-Pass so hingestellt, dass sie die vorbeifahrenden Autos gut sehen konnten. Als plötzlich der Geländewagen von Vilko Horvat in Sicht kam, reagierte de Monte instinktiv und startete das Dienstfahrzeug.

„Valentin, was machst du? Dein Chefinspektor hat eindeutig gesagt, wir sollen auf das Einsatzkommando warten", sagte Maja vorwurfsvoll, wusste aber im selben Moment, dass er sicher nicht warten wollte.

„Maja, ja, das stimmt, aber es geht jetzt wahrscheinlich um Leben und Tod, und da können wir einfach nicht warten. Das trilaterale Einsatzkommando braucht eben eine gewisse Zeit bis hierher und die haben wir einfach nicht mehr. Was sagst du, Maurizio?"

„*Andiamo* – fahren wir los", antwortete dieser knapp und griff an seine Hüfte, um zu kontrollieren, ob er seine Dienstwaffe, eine *Beretta M9*, bei sich hatte.

„Gut, dann fahren wir eben, aber halte bitte einen guten Abstand, hier hinauf gibt es kaum Möglichkeiten, stehen zu bleiben, denn sonst schöpft Horvat gleich Verdacht und verschwindet wieder."

Maja nahm am Beifahrersitz eine betont aufrechte Haltung an, griff unter der Jacke an die rechte Achsel und zog ihre Dienstwaffe, eine *Glock 17*, jenes Modell, das auch Valentin bei sich hatte, aus dem Schulterholster und lud sie durch.

Im Fahrzeug machte sich eine gewisse Anspannung breit. Obwohl die drei erfahrene Polizisten waren, hatten sie eine solche Situation noch selten beziehungsweise nie erlebt. Ein mutmaßlicher Mörder und Erpresser trifft einen ehemaligen Schmugglerkönig, der vorher den Namen des Erpressers herausfinden konnte und die Polizei nicht informiert hatte. Da war die Annahme, dass er *das Problem* selbst lösen wollte, wohl richtig, und das machte die Situation so gefährlich.

Den kleinen Stadtflitzer, der kurz nach ihrem Start vom Hotelparkplatz diesen ebenso passierte wie Vilko Horvats Geländewagen, konnten die Beamten natürlich nicht sehen, denn sie waren ganz und gar auf das etwa 150 Meter weiter vorne fahrende Auto fixiert. So ging es die Straße weiter, vorbei am Jasna See und schließlich zur ersten der vierundzwanzig Kehren hinauf zum Pass, die durch das Kopfsteinpflaster besonders für Motorradfahrer eine Herausforderung darstellten. Das war für de Monte fahrtechnisch aber keine Herausforderung, im Gegenteil, er gab ordentlich Gas, bis ihm Maja deutete, dass er zu schnell unterwegs war. Weil er den Weg und vor allem auch die Kapelle kannte, entschloss er sich, eine besondere Strategie vorzuschlagen.

„Also, ihr zwei steigt gleich an der Kehre unterhalb der Kapelle aus, und zwar schon vor dem Parkstreifen an der Straße. Ich fahre dann weiter, bleibe oberhalb der Kapelle stehen und gehe dann vorsichtig herunter zur Kapelle. Hoffentlich sind keine Touristen mehr dort, sonst wird es schwierig."

Maja und Maurizio nickten zustimmend und schauten nach wie vor konzentriert auf die Straße, um den Wagen von Horvat nicht aus dem Blick zu verlieren, was bei den Kehren ohnehin schwierig genug war.

Bald war es so weit, und de Monte hielt beim Brunnen vor der Kehre zur Kapelle kurz an und ließ Maja und Maurizio aussteigen. Ein Auto musste deshalb hinter ihnen ebenfalls anhalten und setzte dann sofort zum Überholen an. Beim Vorbeifahren hupte der Lenker kurz und machte eine eindeutige Bewegung, indem er die Handfläche vor der Stirn hin- und herbewegte. So etwas ärgerte de Monte maßlos, als er aber den Lenker erkannte, wusste er, dass er jetzt Ruhe bewahren musste und nahm die Aktion einfach zur Kenntnis. Es war Milan Koren in seinem kleinen Stadtauto, unverkennbar durch sein Wunschkennzeichen *LJ-PRED1*. Das hatte er sich genommen, als er zum Präsidenten des slowenischen Handelverbandes gewählt wurde, denn er enthält die Abkürzung *PRED* für *Predsednik* – Präsident. Diese Information hatten Valentin, Maja und Maurizio bereits von Katja Gornik bekommen.

Maja und Maurizio waren schon zu Fuß in Richtung Kapelle unterwegs, de Monte schon bei der nächsten Kehre, als Milan Koren sein Fahrzeug auf dem Parkstreifen unterhalb der Kapelle abstellte, die Sporttasche, die er auf den Beifahrersitz gestellt hatte, an sich nahm und die Tür zum Aussteigen öffnete. Er ließ sie aber gleich wieder zufallen, denn beinahe hätte er seine Pistole vergessen. Er nahm sie an sich, öffnete wieder die Tür, drehte sich zum Aussteigen auf die Seite und steckte die Waffe am Rücken in den Hosenbund. Das gab ihm nun doch eine gewisse Sicherheit, obwohl er wusste, wie hoch das Risiko seines Alleingangs war. Koren sah sich kurz um, fixierte ein Pärchen, das die Stiegen zur Kapelle hinaufging, dachte sich aber nichts dabei. Die beiden waren so langsam unterwegs und offenbar mehr am jeweils anderen interessiert, dass sie nicht zum Problem werden würden. Und wenn, dann war es Koren auch egal. Er musste nur Vilko Horvat, den Erpresser, loswerden, und damit auch sicherstellen, dass seine Vergangenheit dort bleibt, wo er sie immer haben wollte, in seiner Erinnerung und sonst nirgendwo. Jamnik und Furlan konnten ja nichts mehr verraten, der Journalist Janez Novak auch nicht. Also war nur mehr Vilko in Kenntnis über seine, oder besser die gemeinsame Vergangenheit. Wenn er sich nicht bei ihm gemeldet hätte, wäre Milan gar nicht auf seine Spur gekommen, denn getroffen hatte er ihn ja auch vorher nicht. Offenbar hatte wohl der Journalist Vilko auf die Idee mit der Erpressung gebracht.

Milan Koren versuchte, sich jetzt von diesen Gedanken zu befreien, denn nun musste er kühlen Kopf bewahren. Er blickte sich noch einmal genau um, aber der mutmaßliche Erpresser – Koren hatte sich zuvor natürlich ein Bild von Vilko Horvat besorgt – war nirgendwo zu erblicken. Er musste aber da sein, denn sein Geländewagen stand auf dem Parkstreifen unterhalb der Kapelle. Milan Koren hatte nämlich auch diese Information eingeholt und kannte Horvats Kennzeichen. Er ging weiter hinauf, bis er bei der

Kapelle, einem Holzbau auf einem Steinfundament mit zwei Zwiebeltürmen, ankam. Abermals schaute er sich um, niemand war zu sehen. Das Pärchen von vorher stand noch immer auf halbem Weg zur Kapelle neben der Stiege, unterhielt sich, blickte aber nicht herauf. Koren wurde langsam nervös und befürchtete schon, Horvat habe ihn versetzt oder einfach in die Irre geführt, als er um die Ecke der Kapelle eine halblaute Stimme hörte.

„Stellen Sie die Tasche genau hier an der Ecke ab, schauen Sie aber keinesfalls drumherum und gehen Sie dann zum Auto. Legen Sie aber hier Ihren Autoschlüssel auf die Tasche. Mein SUV ist offen, der Schlüssel steckt, und fahren Sie damit weg, hinunter ins Tal, nicht auf den Pass, verschwinden Sie einfach so rasch wie möglich!"

„Gut, aber ich habe nur wenig Treibstoff in meinem Stadtwagen, da werden Sie nicht weit kommen damit", versuchte Koren Zeit zu gewinnen. „Und was bezwecken Sie einfach damit, Sie werden nicht weit kommen, ich habe bereits mehrere Personen darüber informiert, das wird Ihr Untergang!"

„So ein Blödsinn, Sie haben mit niemandem gesprochen, denn sonst fliegen Sie auch auf, dann können Sie sich von Ihrem schönen Leben als Präsident verabschieden. Also tun Sie, was ich Ihnen gesagt habe, aber rasch!"

Während die Unterhaltung lief, standen Maja und Maurizio weiter unten und taten so, als ob sie gar nichts mitbekommen würden. In Wirklichkeit hatte Maja aber bereits beide Männer ausgemacht und Maurizio, der vorgab, ins Tal zu schauen, genau beschrieben, was dort oben vor sich ging.

„Wir können jetzt gar nichts tun, sonst eskaliert das sofort", sagte Maurizio halblaut zu Maja. „Vielleicht kann Valentin ja von oben eingreifen, siehst du ihn vielleicht?"

„Nein, ich kann nichts erkennen, aber der Mann hinter der Ecke hat sicher eine Waffe in der Hand, es ist Horvat!"

Während Maja und Maurizio angestrengt überlegten, war de Monte oben angekommen, hatte sein Fahrzeug abgestellt, seine Dienstwaffe aus dem Handschuhfach genommen, durchgeladen und war vorsichtig in Richtung Kapelle unterwegs, als sein Handy, das er zum Glück auf leise gestellt hatte, zu vibrieren begann. Wie gewohnt nahm es er aus der Hosentasche und ärgerte sich, denn jetzt war nicht der Moment, die Handynachrichten zu überprüfen. Als er allerdings den Absender sah, änderte er die Meinung sofort, öffnete die Nachricht und hätte beinahe einen Überraschungslaut ausgestoßen. Zum Glück konnte er sich diesen verkneifen, steckte das Handy ein und ging konzentriert weiter.

Als er an der hinteren Ecke angelangt war, hörte er, wie Horvat die Anweisungen an Koren gab. Wie sollte er sich jetzt mit Maja und Maurizio koordinieren? Vor allem, wie sollte er ihnen die Information, die er soeben bekommen hatte, weitergeben? Er musste sie weitergeben, denn sie änderte jetzt alles. Also nahm er sein Handy zur Hand, öffnete den Nachrichtendienst, tippte zwei Worte und schickte die Nachricht ab: *Koren Täter*.

Dann überschlugen sich die Ereignisse. De Monte wagte es, kurz um die Ecke zu blicken, sah Horvat mit der Pistole in der Hand und gleichzeitig, wie eine Sporttasche an der Ecke abgestellt wurde und dann eine Hand einen Schlüssel mit Anhänger drauflegte. Genau in dem Moment, als

Horvat nach der Tasche greifen wollte, erschien aber auch die Person um die Ecke, Milan Koren, ebenfalls mit einer Pistole in der Hand.

Die beiden Herren waren offenbar beide so erschrocken, dass de Monte wusste, dass jetzt die Gelegenheit gekommen war, den Überraschungseffekt auszunutzen.

„Polizei, keine Bewegung, legen Sie Ihre Waffen zu Boden und heben Sie die Hände, sofort!"

Maja und Maurizio hatten die laute Aufforderung von de Monte gehört und reagierten blitzschnell. Jetzt kam Maja ihr Training bei diversen Einheiten der Polizei zugute. Mit einem Schritt nahm sie beinahe drei Stufen und blieb dann mit der Waffe im Anschlag gut zehn Meter von der Kapelle entfernt stehen. Maurizio brauchte wesentlich länger als sie, war aber auch rasch zur Stelle.

„*Trilateral Police Office* – Sie sind umstellt, geben Sie auf", rief Maja den beiden Kontrahenten zu.

„Vilko Horvat, wir wissen, dass Sie unschuldig sind, geben Sie auf, und Sie, Milan Koren, Sie sind ein Mörder und wir werden Sie jetzt verhaften", rief Maurizio den beiden Männern zu.

Die Situation wurde immer unübersichtlicher. Koren konnte de Monte nicht sehen, weil der um die Ecke in Deckung gegangen war. Sehr wohl sah er aber Horvat, dessen Gesichtsausdruck nichts Gutes versprach. Er blickte ihn böse an, ihn, den Präsidenten des Handelsverbandes, den programmierten Ordensträger, den Mörder. Jetzt hatte er nichts mehr zu verlieren und drückte ab.

Als das Projektil aus Korens Waffe Vilko Horvats Schulter durchbohrte, warf es diese nach hinten. Damit machte er mit dem rechten Arm und seiner Waffe eine Bewegung nach vorne und drückte ebenfalls den Abzug. Koren wurde am Oberarm getroffen, blieb aber stehen und machte einen Ausgleichsschritt nach vorne. Er wankte leicht und richtete abermals die Pistole auf Horvat. In diesem Moment hechtete de Monte hinter der Ecke hervor. Im Sprung hob er seine Dienstwaffe, zielte und drückte ab. So hatte er es beim Training der Angriffsrolle im Rahmen der Aus- und Weiterbildung zum Kriminaldienst zig Male geübt. Allerdings hatte er dabei immer vorher das Ziel gesehen, was jetzt nicht der Fall war. Vilko Horvat stand gefährlich nahe an der vorderen Ecke und Milan Koren war beinahe durch ihn abgedeckt. Trotzdem pfiff das Projektil an Horvat vorbei und traf Milan Koren, der zusammensackte. Sein zweiter Schuss auf Horvat ging damit ins Leere. De Monte merkte, dass Horvat ihn nicht registriert hatte und blieb nach der Rolle bewegungslos liegen.

Die Lage war alles andere als unter Kontrolle, denn jetzt hob abermals Horvat die Pistole, um den verhassten Schmugglerkönig loszuwerden.

„Herr Horvat, wir wissen, dass Sie unschuldig sind, machen Sie sich jetzt nicht selbst zum Mörder, das bringt doch nichts, wir können über alles reden. Nochmals, Sie sind vielleicht ein Erpresser, aber kein Mörder, denken Sie nach!“

Majas Stimme überschlug sich beinahe, während sie Horvat ansah und hoffte, ihn überzeugen zu können.

„Wenn Sie wüssten, was dieser Mann mir alles angetan hat. Er ist reich geworden durch mich und meine Freunde, die sich für ihn geschunden und viel Risiko auf sich genommen haben. Jetzt reicht es, mir ist alles egal, er muss büßen.“

„Büßen werden Sie, wenn Sie im Gefängnis sitzen. Wir wissen, dass Koren ein Mörder ist und werden ihn seiner gerechten Strafe zuführen. Geben Sie auf, Horvat, denken Sie an Ihre Frau, die zu Hause auf Sie wartet!“

Horvat zielte wieder auf Koren. In diesem Moment startete de Monte von hinten los, rammte Horvat mit einem Hechtsprung, während Maja und Maurizio in Deckung gingen. Es löste sich wieder ein Schuss aus Horvats Waffe, der aber niemanden mehr verletzte.

„Milan Koren, ich verhafte Sie wegen dreifachen Mordes an Josef Jamnik, Marco Furlan und Janez Novak. Sie haben das Recht, eine Aussage zu verweigern, Sie können sich einen Anwalt nehmen oder auch unentgeltliche Rechtsberatung in Anspruch nehmen!“

Milan Koren war schon vorher zu Boden gegangen, saß nach vorne gebeugt da und stöhnte vor Schmerzen, als Maja ihn über seine Rechte belehrte. Für ihn war es jetzt vorbei, der Präsident war gescheitert, der Plan nicht aufgegangen.

Eine beklemmende Stille hatte sich breitgemacht. Da war es direkt befreiend, als der Klang sich nähernder Folgetonhörner immer lauter wurde. Maurizio hatte sofort die Nummer von Katja Gornik gewählt, die wiederum das Einsatzkommando, das in Kranjska Gora in Bereitschaft war und auf den Marschbefehl von Valentin de Monte wartete, losgeschickt hatte. Was sie sonst noch Maurizio sagte und auch gleich eine Besprechung in Anwesenheit von Chefinspektor Hausmann ankündigte, die klären sollte, warum die Beamten trotz Anweisung, auf das Einsatzkommando zu warten, vorgerückt waren, war Maja, Valentin und ihren italienischen Kollegen in diesem Moment gleichgültig. Sie waren froh, die Kontrolle behalten und Schlimmeres verhindert zu haben. Und letztlich konnten sie doch den Täter verhaften. Und nur das zählte jetzt.

„Valentin, wie bist du darauf gekommen, dass Milan Koren der Täter ist“, fragte Maja, als die drei abseits der Kapelle beisammenstanden.

„Ich bin gar nicht draufgekommen, es war die Nachricht von Iris, die zu diesem Ergebnis geführt hat. Also, sie hat das Foto aus der Wildkamera von Mathias Leitner mit dem neuen Programm bearbeitet und konnte nicht nur das Fahrzeug darstellen, sondern auch das Kennzeichen glasklar erkennbar machen. Und das lautet: *LJ-PRED1*, ist also das Kennzeichen von Milan Koren, das hat sie auch gleich festgestellt. Es ist schon erstaunlich, auf welche Daten sie dort zugreifen kann.“

„Schön und gut, aber das ist ja noch nicht alles, denn die beiden anderen Opfer sind ja erschossen worden. Was ist da die Verbindung zu Milan Koren?“, setzte Maja gleich nach.

„Auch dafür gibt es eine Lösung. Die Waffe ist eine *Zastava M57*, und genau eine solche besitzt nicht nur Vilko Horvat, sondern auch Milan Koren. Und jetzt kommt die Krönung: Er hat sie bei einer Versteigerung von Altbeständen der Geheimpolizei erstanden, nur wusste er nicht, dass damals von jeder dieser Waffen ein ballistisches Profil gespeichert wurde. Nicht einmal der Experte des Auktionshauses wusste das. Bei der Behörde und auch im Schießsportverein, dem Milan Koren angehörte, wurde die Waffennummer registriert, und Iris ist es nunmehr gelungen, über all diese Ecken den Bezug herzustellen. Dazu hat sie noch ballistische Analysen der Mordfälle Furlan und Novak verglichen und jetzt steht fest, sie wurden mit einem

Projektil aus der Waffe von Milan Koren erschossen, also ist er auch in diesen Fällen der Täter."

„Ich glaube, wie müssen versuchen, Iris in unser Team zu bekommen, dann lösen wir jeden Fall", zwinkerte Maja Maurizio zu, während Valentin zwar ein zufriedenes Gesicht machte, dem Vorschlag aber wenig abgewinnen konnte. Doch darüber würde er dann mit Maja, und vielleicht auch mit Maurizio, schon noch diskutieren. Und dass Iris von der FBI-Academy in Quantico in den USA so einfach auf Daten in Europa zugreifen konnte, war ihm natürlich auch aufgefallen, freute ihn einerseits, machte ihn andererseits aber auch nachdenklich.

Die drei wandten sich wieder in Richtung Kapelle, denn jetzt begann die Aufarbeitung der Situation, die noch viele Befragungen und Schreibarbeit nach sich ziehen würde. Das Wichtigste war aber erreicht, der Fall konnte gelöst werden.

32.

Der Arbeitstag am Ort der Entscheidung hatte fast bis Mitternacht gedauert, und bis Valentin de Monte zu Hause war, zeigte die Uhr bereits nach zwei in der Früh. Trotzdem musste er schon um sieben Uhr wieder aufstehen, denn Chefinspektor Hausmann hatte um *null-acht-Uhr*, wie er sich auszudrücken pflegte, die Besprechung in den Räumlichkeiten des Trilateralen Polizeibüros in Thörl-Maglern angesetzt. Katja Gornik, Maja Vrbinc und Maurizio Trevestan waren ebenfalls pünktlich zur Stelle. Was die ermittelnden Beamten erwartet hatten, traf auch ein, denn zuerst gab es eine ordentliche Belehrung, wie man in einer solchen Situation vorzugehen hatte. Auch Kommandantin Gornik meldete sich dabei zu Wort, gab aber zu, und das war positiv für die drei, dass nicht abzusehen war, was geschehen wäre, hätten Valentin, Maja und Maurizio wirklich in Kranksja Gora auf das Einsatzkommando gewartet. Es wäre wohl mit einer weiteren Leiche und einem flüchtenden Täter zu rechnen gewesen, daher, so betonte sie, könne sie der Entscheidung der Ermittlungsgruppe durchaus auch etwas abgewinnen. Das sagte sie dann auch deutlich in Richtung Chefinspektor Hausmann, der verhalten reagierte, schließlich aber doch zustimmte und die Aussage von Katja ergänzte: „Gut gemacht!“ Dann gab er ihnen zu verstehen, dass die Belehrung beendet sei und er noch etwas mit Kommandantin Gornik unter vier Augen zu besprechen hätte.

Das war so erleichternd für Valentin, dass ihm beinahe ein *na endlich* entfleucht wäre, was er aber zum Glück nicht aussprach. Vielmehr bedankten sich die drei, gaben nacheinander zuerst Katja Gornik und dann Chefinspektor Hausmann die Hand, entfernten sich aus dem Büro und schlossen hinter sich die Tür. Draußen wurden sie dann von ihren Kolleginnen und Kollegen, die sich demonstrativ von ihren Arbeitsplätzen erhoben hatten, mit Applaus bis zum Ausgang begleitet. Sie nickten ihnen dankbar zu und verließen dann gemeinsam das TPO.

„So, und jetzt kommt unsere interne Besprechung, aber die findet nicht hier hier, sondern drüben beim *Piussi* statt, einverstanden", sagte Valentin und verstand dies als Aufforderung und nicht als Frage oder Vorschlag.

Maja und Maurizio lächelten nickend und so gingen die drei vom Amtsgebäude über den Parkplatz hin zum Café, das schon seit sechs Uhr früh geöffnet hatte, im Moment aber nur spärlich besucht war. Genau das passte Valentin, denn er hatte gar keine Lust, irgendwelchen flüchtig bekannten Menschen die Geschichte von den drei Ländern und den drei Leichen erzählen zu müssen. Deshalb steuerte er gleich an der Theke vorbei in Richtung Extrazimmer.

„*Buongiorno* – guten Morgen, Valentini, *come va* – wie geht es dir heute", fragte Laura wie immer und sprach die beiden anderen gar nicht an, weil sie sie noch nicht wirklich kannte.

„*Ciao* – Servus, Laura, alles gut – *tutto bene*. Gib uns bitte eine Flasche Prosecco und drei Gläser, wir sitzen da hinten im Extrazimmer!"

Laura schaute etwas verwundert, als gute Kellnerin stellte sie aber keine Frage, dachte sich aber, dass es schon verwunderlich sei, wenn drei Polizeibeamte mitten am Vormittag ein Flasche Prosecco bestellten.

„So, ihr Lieben, jetzt haben wir es geschafft, danke, Maja, danke, Maurizio, das war gute Arbeit!"

Noch bevor Laura die Flasche mit dem Prosecco und die Gläser gebracht hatte, hob de Monte bereits zur Lobrede an, wurde aber von Maja gleich wieder auf den Boden der Tatsachen gebracht.

„Valentin, zuerst auch danke, aber so kenne ich das gar nicht, dass wir jetzt hier im Dienst mit Prosecco anstoßen. Dort oben sitzt meine Kommandantin, wenn die das sieht, dann geht es rund!"

„Ehemalige Kommandantin, liebe Maja, ehemalige Kommandantin", bemerkte Maurizio Trevestan. „Wir sind jetzt Beamte beim TPO, dem Trilateralen Polizeibüro, da hat Chefinspektor Hausmann das Reden."

Am liebsten hätte de Monte jetzt gesagt, dass das eventuell noch schlimmer sei, verbiss sich aber diese Bemerkung und erhob sein Glas, das Laura mittlerweile schon eingeschenkt hatte.

„*Salute*, *na zdravje*, zum Wohl, auf uns!"

Als die drei anstießen läutete das Diensthandy von de Monte. Fast zuckte er zusammen, denn jetzt war ganz sicher Chefinspektor Hausmann dran, um zu fragen, was die drei im Café vorhatten. Er blickte auf das Display und machte ein säuerliches Gesicht, denn natürlich war es Hausmann.

„De Monte, Trilaterales Polizeibüro, hallo!"

„De Monte, Sie brauchen gar nicht so förmlich tun, bestimmt haben Sie gesehen, dass ich dran bin. Und ich weiß, dass Sie beim *Piussi* sitzen. Sind die zwei anderen auch noch da?"

„Jawohl, Herr Chefinspektor, melde, dass das korrekt ist, und Maja und Maurizio sind noch anwesend!“

De Monte hatte das Handy schon längst auf laut gestellt, sodass die zwei anderen mithören konnten.

„Dann hören Sie mir alle gut zu: Beenden Sie umgehend die Feier und kommen Sie zu mir herauf ins Büro. Es gibt einen neuen Fall und Sie müssen sofort aktiv werden.“

„Neuer Fall, interessant, was gibt es denn?“, fragte de Monte schnell.

„Nicht am Telefon, kommen Sie her, dann werden Sie es erfahren. Ich sage nur so viel: Glück auf! Hausmann Ende!“

ENDE

Danksagung

Zum Abschluss dieses, meines ersten, Kriminalromans möchte ich mich bei all jenen von Herzen bedanken, die mich auf diesem Weg begleitet und unterstützt haben. Mein tiefster Dank gilt meiner geliebten Gattin Cornelia, die von der ersten Idee bis zur letzten Korrektur stets an meiner Seite war. Ihre Ratschläge, aber auch ihre konstruktive Kritik haben diesem Buch seinen Feinschliff gegeben.

Dies gilt auch im Besonderen für Thomas Köpf vom Verlag *Edition Platin*. Er hat nicht nur an meine Idee geglaubt, sondern mir damit auch die Möglichkeit gegeben, einen lang gehegten Traum in die Tat umzusetzen.

Schließlich geht noch ein herzlicher Dank an Bernhard Lora, den ersten und langjährigen Kommandanten des wirklich existierenden Trilateralen Büros der Polizei in Thörl-Maglern sowie an Valentin Koller, einen ehemaligen Zöllner, Grenzgendarmen und Polizeibeamten. Sie haben mir wertvolle Einblicke in ihre Arbeit und damit in eine Welt, die für viele verborgen bleibt, gegeben und meine unzähligen Fragen mit viel Geduld beantwortet.

Ohne die Unterstützung, das Wohlwollen und die Herzenswärme all dieser Menschen wäre dieser Roman nicht das geworden, was er nun ist. Dafür – und für so vieles mehr – sage ich von Herzen: **Danke**!